要经历，然后思索，从微乎其微或声势浩大的低落中淬炼出一点点的光与希望。这是我写信的“失落的意义”。

不管如何失意、落魄、茫然甚至绝望，

还是要走下去，
看看接下来会发生什么。
这是生活的残酷之处，
也是生活的美妙之处。

我想和你一起成长，像两棵毗邻而居的树，背向潮湿阴暗的土地，眼眺遥远绝美的苍穹，执着，有力，不问前路，但求无悔。

于我而言，
最好的时光是——
马不停蹄地奔向自己想要的未来，

不管其间的路途有多少风雨，
汗与泪已足够写满

整个青春的序曲。

当世界真假难辨时，我倾向于
相信是真的。
比如，

它的乖张癫狂其实是在卖萌，
她的嬉笑怒骂皆发自真心，
他的颔首应允亦源于真情。

活着，

就只需要那么一点点美好，

让你觉得，

自己可以咽下多少苦涩酸疼，

就能遍尝多少温柔珍重。

多少人不知，每一个晦涩难忍的现在，都是你曾倾心渴盼的未来，也必将变成若干年后又一个闪闪发光却回不到的过去。

我们用人生
最美好的年华作抵押，
去担保一个

连说出来都会被人嘲笑的梦想。

我比谁都相信努力奋斗的意义

伊心——著

I BELIEVE

天津出版传媒集团
天津人民出版社

图书在版编目（CIP）数据

我比谁都相信努力奋斗的意义／伊心著．－天津：天津人民出版社，2015．6（2015．9重印）

ISBN 978-7-201-09276-8

Ⅰ．①我… Ⅱ．①伊… Ⅲ．①随笔－作品集－中国－当代 Ⅳ．①I267.1

中国版本图书馆 CIP 数据核字（2015）第 071046 号

天津人民出版社出版

出版人：黄　沛

（天津市西康路35号　邮政编码：300051）

邮购部电话：（022）23332469

网址：http://www.tjrmcbs.com

电子信箱：tjrmcbs@126.com

北京凯达印务有限公司印刷　新华书店经销

2015年6月第1版　2015年9月第2次印刷

900×1270毫米　32开本　10印张

字数：180千字

定价：36.00元

谨以此书献给我的妈妈

除了爱

一切都是妄言

/ 别害怕那些过去的努力

/ 都变成荒芜的沉没成本，

/ 即使荒芜，

/ 它们也终将积累出

/ 我们短暂人生的无穷厚度，

/ 我比谁都相信努力奋斗的意义。

代序

爱过，努力过

在一个励志风潮盛行的年代，我们从来不缺励志的人物与励志故事。

在被励志故事感动的时候，我们也从来不缺热泪盈眶与激情澎湃。

很多人说，看烦了千篇一律的鸡血，但在生活中，依然迷茫与不知所措。

在这遍地“×二代”的时代里，普通人的路究竟在哪里？

事实上，大多数跟我们一样的普通人都迷茫，因为我们生来就与“×二代”们不在一个世界里竞争。普通人的路就在自己脚下，我们应将励志故事中的精神转化为自身的行动力，成为真正激励自己前行的热血。

六年之前，我开始在博客里写文字，每天1500字，什么都写，哪怕夜里12点下班，也要坚持到午夜3点写完。这6年间，很多人说我的文字很励志，其实我只是记录自己普通的生活，并没有想要激励谁。

如果有，只是为了激励很普通的我自己，为了让自己未来某一天知道，我的青春，曾经这样走过来。只不过，有一些人，从我的文字中汲取到一些对自己有鼓励作用的“咖啡因”，并实现了自己的梦想，伊心就是这样一个女孩子。

很长一段时间，我一直不知道她，也不知道自己能给一个遥远的陌生的女孩怎样的帮助。直到有一天，一个陌生的QQ网友来找我，跟我说：“我能够坚持在豆瓣上写日记，是因为受了星姐的鼓舞。两年前，正是因为看到你写的日记，才想明白自己也有个关于写作的愿望，才下定决心为了自己的梦想付出，现在，我的第一本书就要出版了。谢谢你让我知道，梦想一定要有，因为它总能实现。”

我还记得那个瞬间，我很感动。为她一直以来的坚持与努力，也为自己的坚持能支持一个陌生人走了那么远的路。

二十出头的年轻人，总是会为了自己的未来而担忧，不知如何选择自己未来的方向；不知道在实习的时候该怎么好好表现，为自己争取一个好的工作机会；不知道如何面对社会的残酷与改变；不知道如何面对父母的期待与自己内心的理想。
当梦想照进现实，到底该何去何从？毕业，考研，考公务员，进外企，是去大城市，还是回老家……每一个选择都是千难万难，每一个决定就能轻易改变我们的人生。

可是，这是千万年轻人必经的路，也是每一代年轻人共同走过的路。你以为这世界上只有自己像头迷茫的鹿，殊不知每个人都曾在夜里辗转反侧，为雾霾一般看不见的未来，为内心小小的冲动与现实的犀利。只是，第二天清晨太阳照常升起的时候，你是翻身一跃还是翻身盖被，才是决定你是否能实现梦想的关键。

大学毕业六年，从一个涉世未深的大学生，到为人妻为人母，青春里每一天做过的梦，我都努力地实现了。无论是出书拍电影，还是一段轰轰烈烈的爱情，以及说走就走的旅行。我不算什么成功人士，也谈不上有什么成功事迹，但回过头去看自己的青春，我能够很安心地说一句："我还是当初那个执着、坚持、相信梦想与努力的我自己，我的青春，爱过自己青春，并为之很努力过。"

我也有很多迷茫，很多困惑，现在依然有，未来也是。但大多数时候，我选择静静地自己去思考，着手一步步去解决，我很少去追问别人，我该怎么办？我知道，任何人都无法给我答案，路在自己脚下，未来也只有在自己心里。我也读励志故事，在我内心荒芜与寂静的时候，我看到他们的勇敢与果敢，我便更清晰自己想要成为怎样的人。

在这本书里，记录的是一个普通的小姑娘，如何在青春里的迷茫岁月，在灰暗得看不到任何未来的那个时候，硬生生靠着自己扒拉出一个口子，然后朝着这一点儿光亮大步朝前走的过程。看着这个姑娘，咬牙坚持着内心里小小的火焰，相信努力奋斗的意义，相信梦想无论有多远都是能够实现的东西，我想，这或许就是每一个普通人应该有的力量。

有人会说，你们写的这些所谓的“正能量”到底有什么意义，难道你们自己就一直能够保持鸡血昂扬的状态一路奋斗到底吗？

我想起曾经看过的一本书，作者熊培云在文中说道：“如果自己未得解脱，就不要面对公众写字，不要去说悲观的话，因为这个世界最不缺的就是绝望，更不缺虚假的矫揉造作的绝望。”

纵使这个社会有诸多不公，有千般难以解决的难题，但是抱怨和指责永远解决不了问题，我们唯一能够做的，就是在绝望的时候干上一大碗鸡血，然后沉默地朝着自己的梦想大步前行。清楚自己的目标在哪里，然后为之付出百分之二百的汗水和努力。

所以，不要怀疑自己，不要再说一些“梦想是没用”的话语，纵使梦想这个词现在看起来挺俗的，但人活在世上，总还是该有些梦想的，只有把你最想要的那个东西时刻装在心里，才会激发你全部的斗志，分分钟保持打鸡血的状态，一直昂扬到底。

就像伊心在她的这本书中所写：“我比谁都相信努力奋斗的意义，尽管世界是如此的残酷。但这不代表挣扎和改变没有意义，因为它是从狭隘的生活中跳出、从荒芜的环境中离开的一条最行之有效的路径。”

生活不会自动为你铺路，只有什么都去做，努力做，拼命做，才能够有底气地说："我有能力去实现自己的梦想。任何一种身份，都是自己给的，每天的努力，都是在给明天的生活埋下伏笔。"

愿怀疑和迷茫的你，在看到这本书里这些真挚的文字之后，能够选择相信——梦想一定要有，因为它总能实现。

特立独行的猫

2014年12月30日

CONTENTS

四 努力，是有惯性的 115

我比谁都相信努力奋斗的意义

一

我比谁都相信努力奋斗的意义

I BELIEVE

我比谁都相信努力奋斗的意义，尽管世界是如此的残酷。但这不代表挣扎和改变没有意义，因为它是从狭隘的生活中跳出、从荒芜的环境中离开的一条最行之有效的路径。

去年偶然遇见一个高中同学，高中毕业后她已经五年没有见过我。当她见到我，用她的话说："真正是吃了一惊"。

对她的吃惊，我一点儿也不感到奇怪。因为五年前，我还是一个说话大大咧咧、爱咋呼爱叫唤的"人来疯"；一个大象腿水桶腰、穿衣服巨没品位的小胖妹；一个没读过什么书、每次在全班同学面前念个学习汇报都紧张、"内涵"两个字从来都绕着我走的傻瓜。
大学四年与研一一年所有的辛苦，终于在她那句"真正是吃了一惊"和不可思议的眼神里得到了补偿。

想想那时，为了hold（控制）住体重，日复一日地进行严格的运动锻炼。最开始的3个月就减肥近30斤，在经过一次反弹后，终于将体重维持在了健康稳定的水平。朋友们爱问我减肥的经验与局部瘦身的秘诀，我仔细回想起来，觉得每一种方法都可以称得上秘诀，关键是要对自己够狠。

大学的时候课少，我的意志力却惊人，拖延、懒散统统没有。不管春夏秋冬，每天早上6点，我准会出现在学校塑胶跑道上，一圈又一圈地跑步，那种哗啦啦从心底翻涌上来的朝气，让汗珠也可以掷地有声。

还有很多个夜晚，校园内充斥着喧嚣。大家或是边看娱乐节目边嗑瓜子，笑得前仰后合；或是在楼下和男友约会，难舍难分；而属于自己的那一隅却只有寂静。这样的夜晚，我有时候在阳台上做着漫长的瑜伽英雄体式；有时候在床上长时间做贴墙倒立；有时候会听音乐；有时候会看书。

就在自己这些默默的坚持中，改变在一点一滴地发生。

减肥教会我的，其实至为简单，就是如何变成一个更好的自己。但同时，它又是至为困难的，因为这需要在没有任何外界强制约束时坚持下去。从那之后我才懂得，所谓坚持，不过是日复一日地重复一件小事。
跑步也好，瑜伽也好，其他一切微小的事情也好，可能没有上淘宝轻松愉悦，也没有刷微博随意开怀，但只要有足够的耐心，日复一日地坚持与重复，从量变到质变也许并不需要一个太长的过程。就像，在别人眼里绝对不可能瘦下来的我，只用了三个月就成功了。

后来考研，我选了一所高不可攀的名校，别人的不相信和当年对我减肥的质疑差不多。接下来的日子，又是每天6点起床，在荒芜的自习室里一坐一整天，晚上11点自己一个人走回宿舍，还要在宿舍楼的通宵自习室里看书。

几百个深夜，学校的小路上空无一人。门卫大爷用手电筒帮我照亮一小段路，他说："小姑娘，你一个人怎么不怕黑？"我沉默地摇头，只想说我不怕黑、不怕冷、不怕路远马亡，只怕虚度了韶光枉费了年华。
再后来应了别人的预期，我心痛地和梦想擦肩，但也够幸运，第二志愿得以顺利调剂。

如今再回想起那段时光仍旧感激之至。岁月飘忽如寄，那样不计前路的拼命和酣畅淋漓的付出大概只有一次，好似一生的热血和热泪都已耗尽。

好友的话至今还留在笔记本上，她说："我们用人生最好的年华做抵押，去担保一个说出来都会被人嘲笑的梦想。"

那个冬天永远不可磨灭，漆黑深夜，前路漫漫，但却觉得未来可期，所有的梦都做得晴朗透亮。那好像也是唯一的一次，让我觉得原本灰暗促狭的心被希望照亮充盈，一个壮阔的世界等着我迫不及待地去检阅。

这些年来，看书实习，组织社团活动，慢慢克服了自己身上的诸多弱点。

高中时，我怕数学怕得要死，数学老师无奈地对我摇头："我该怎么拯救你，你的数学！"现在参加数学竞赛竟也可以拿到名次。经常参加演讲、写诗歌去朗诵，终于我也能面不改色、从容镇定地在几千人面前演讲。看了很多书，写了很多字，一点一点去观察、去琢磨，让自己在肥皂剧和娱乐新闻之外寻找归属，沉闷地积累着精神的厚度。我还策划晚会，组织排练节目，新年夜灯火辉煌，我坐在台下等谢幕。当身边掌声雷动时觉得，啊，原来自己也可以做成一件这样的事。

成长果然是一个时辰一个时辰熬出来的。别人手到擒来的事自己拼了命才能做到，但那种成长的富足感如此惹人回味，也正因为如此，文章才能写得丰厚踏实。

我比谁都相信努力奋斗的意义，尽管世界是如此的残酷。但这不代表挣扎和改变没有意义，因为它是从狭隘的生活中跳出、从荒芜的环境中离开的一条最行之有效的路径。

以前曾看过蒋方舟说的一段话，她说：“我对社会的残酷，没有怨言，只有好奇。我想沿着‘残酷’，去寻找它的苦难，寻找它的父辈，它粗大的根系。我要溯流而上，期待憧憬着巨大苦难之源如世间最壮丽之景扑面而来。你敢吗？你来吗？”

大学的一个舍友，来自某国家级贫困县，家住半山腰，手机信号都微弱。她的母亲早逝，家里姐妹四人，除她之外都早早辍学南下打工，她靠助学贷款交学费，所有的生活费全部来自于她零零碎碎的打工。以我浅薄的经历，只觉得她是当真经历过生活苦难的人。

大学刚开学时，女孩特别自卑，很少说话，常常将自己隐没在人群里不发一声，表情里都带着一股胆怯。她毕业后进入深圳一家知名外企工作，薪水优渥，淡妆适宜，身姿优雅，常被人唤作“白富美”。

但只有我知道她是如何努力打工累到胃痛，在长夜痛哭过后重新为生活打拼；如何熬夜学习顺利保研，又挤出时间看了一本又一本的书，才做到谈吐大方；如何作为班长带领我们班成功突围校优秀班集体，获得全班同学的交口称赞；甚至是如何一点点研究化妆技巧，才打造出面试时的完美妆容。我见证了她这几年来一步一步的蜕变。

若有一张大一和研二的对比照，她必然是从一个看上去有些瑟瑟发抖的小丫头变成了浑身发光的知性姑娘。蜕变不是一件容易的事情，只有走出自己性格的“安全区”，经过痛苦的挣扎、失败和深刻的反思，一点一点地改进才能够做到。

有时我跟她开玩笑：“哇，晋升‘白富美’什么感觉呀？”她眼里突然带了泪：“这么多年来的不安全感终于落了地，我最开心的是自己终于有力量去守护家人了。”当然，我知道，她是如何一路披荆斩棘、咬紧牙关，才从那个荒凉的大山里，走到灯火辉煌处。

写这篇文章是因为最近小伙伴们聚在一起时个个愁云惨雾。那篇由银行HR(人力资源)写的《寒门再难出贵子》一文，让在银行实习的我们变得惴惴不安。分分钟被洞穿的慌张，让我们拼命佯装的成熟一览无余，让我们处处谨慎的步伐错乱慌张。好像十几年寒窗苦读都付诸东流。厚厚一摞专业书籍不敌存款凭证一张；“资源”二字将读书时所有的宏图壮志击得粉碎。除此之外，对银行坐柜台的辛苦、客户经理的心酸，小伙伴们的倾吐如滔滔江水。所有奋斗过的青春以如此苍白的姿态告终，所有的激情都将被无边的琐碎消磨至尽。想到这里，在如此的酷暑中，心一下子就凉了下来。

但是我仍然比谁都相信努力奋斗的意义。虽然努力了这么久仍然买不起一件奢侈品，也不能去蓝色海岛上度一个悠长的假期，甚至还可以预见到，未来挤公交车上下班的焦躁，和淹没在柴米油盐中平凡的一生。

但还是“努力奋斗”这四个再简单不过的字，让我的视线跨越那个灰尘扑扑的小县城，抵达一个广袤无边的世界。甚至，它成全了我所有卑微的梦想：不管是小学时的“考上大学”，高中时的“成为瘦子”，还是大学时的“在杂志上发表文章”，研究生时梦想的走遍万水千山，如今我也已经在路上。

我也相信，它将成全我更多卑微的梦想，带我去自己梦寐以求的世界。
好似所有的波澜壮阔都会化为细波，所有的锣鼓欢鸣都会归于岑寂。热血沸腾的青春浩浩荡荡一路走远，只留下庸常生活里难以消解的冗余、琐碎和焦躁。但我仍然想找回青春里那汩汩流动的热血，去向残酷世界讨个说法，去和曲折命运勇敢单挑。

因为我比谁都相信努力奋斗的意义。
按照二十几年来“命运它从来不会给我最想要的东西”这一惯例，可能我最终还是会失意败北，失望而归。但好歹在给孙子讲故事的时候能吼一嗓子：“你奶奶当年虽然傻，但一丁点儿青春都没浪费啊！”

我从来不信这世间会无路可走

I BELIEVE

而我也愿意相信，无论酷暑隆冬，无论受难与否，日日都是好日。在我们至短至暂的生命里，希望并非聊胜于无的东西。它是所有生活的日常。

昨天和H聊天，她开心地说："我们住进新房子啦。"特意拍照给我看，书房的照片墙里有我们大学舍友的合照，窗台上一排绿色植物在明媚阳光下青翠好看。

大学时，H的床铺在我的对面。她不止一次地跟我说："我一定要在毕业后两年之内让我爸妈住上新房子。"我一直以为她只是说说而已，因为普通本科毕业生两年的工资之于几十万的首付，简直是杯水车薪。

没想到两年后，她竟真的兑现了自己的承诺。

H的父亲在她初中时得了脑梗死瘫痪在床，花了很多钱治疗。她母亲没有工作，原本便是低保户的家境更是雪上加霜。父亲刚生病时，她请假在家，一个星期没去上学，回去之后发现班主任召集全班同学给她捐了款。

隔天正好开家长会，H上台发言，说了很多个谢谢，然后把那些钱全都退了回去。我不知道当时年仅15岁的她说了些什么，只知她说完之后，台下很多大人都落了泪。

H说，从那之后她再也没花过父母的钱。她从重点中学转学到了普通中学，因为那所学校不仅不收她的学费，还给了她足够维持生活的奖学金。上大学时，她申请了助学贷款，并且经常出去打工。从每小时30元的家教到做各种各样的小生意。当然，做这些也没耽误她当学生会副主席。她是全院600多个学生人人钦佩的"厉害的人"。

她做任何事都任劳任怨，毕业前夕学院举办毕业晚会，她熬了好几个通宵剪辑视频，一点一点地做字幕，视频播放时那么多人感动流泪，她也坐在台下安静地看，但知道她辛劳的却没几个人，她也不会说。

我和她住在一起那么久，知道她是如此拼命和辛苦，却从没听到过她一句怨言。她只是偶尔会说："其实我也羡慕你们能无忧无虑地长大啊，但是没办法，我有责任。"所以大学四年，她不仅没向父母要过一分钱的生活费，每年过年还交给他们几千块钱。

工作之后她去了房地产公司上班，每逢开盘便加班，忙得团团转。为了早点儿攒够钱买房子，她跟我描述她的生活是"一分钱掰成三瓣花"。如今她不断升职加薪，但仍然穿最朴素最便宜的衣服，仍然攒钱给爸妈买最好的东西。

今年"五一"我们小聚，我讲起我最喜欢的电影《百万美元宝贝》里的一段故事：热爱拳击的女主角拿到了艰苦比赛获奖得来的高额奖金，没有给自己买任何礼物，而是给妈妈买了新房子。没想到站在开阔明亮的新客厅里，她妈妈环视四周，气急败坏地喊："你知不知道，有了房子我就拿不到政府的低保补助了！"她拿着钥匙的手颤抖了几下，原本期待欣喜的表情从黯淡褪变成绝望。

我跟H说："我看到这一段的时候总是想起你，当然了，后半段不符合。"H大笑："后半段也符合，有了新房子我们家现在也拿不到低保补助了，除非我从户口本上独立出去，因为房产证是我的名字啊，哈哈……”
她一定不知道，在我苍白贫瘠的生活背后，因为她，因为她爽朗的笑声和弱小但蕴藏着巨大能量的背影，我竟凭空多了不知多少勇气。

在《我比谁都相信努力奋斗的意义》那篇文章中，我写了自己的另一个大学舍友，和H一样又坚强又磊落。

实际上，我还有好几个大学舍友，一个是春夏秋冬四季都每天五点半起床或锻炼或学习，在院队连续三年获得校女篮冠军的勤奋小姐；还有一个是自学日语，一年通过了二级，在上海过得金光闪闪的灿烂女孩。
而在我的研究生女同学中，有人是《一站到底》某一期的站神；有人第一年就拿到了年薪20万的offer（聘用信）；有人开了自己的公司；有人25岁便博士毕业。

没有名校光环，没有倾城容貌，也没有手眼通天的父亲。她们在自己选择的道路上踽踽独行，一步一步前往那个最想去的终点。在芸芸众生中，她们是那么普通，但却用尽全力活出了最好的自己。

我在她们身边度过了成年之后最重要的时光。看着她们实习时起早贪黑，在寒冬大雪的公交车站瑟瑟发抖；看着她们写论文时殚精竭虑，在浩如烟海的文献中一步步攀爬；看着她们工作后兢兢业业，在偌大的城市里找到微弱但温暖的光芒。

某次聚餐，几个男同事评论某行女客户经理付出了很多，终于成了支行副行长。烟雾缭绕中，一水儿难以掩盖的啤酒肚，他们读书时的意气风发、炯炯目光消失殆尽。
我悲哀地在心底发出感叹，不管传言是真是假，为何男生破格晋升就掌声一片，而女生便要承受流言蜚语、质疑和指责？

相比起来，我更欣赏身边的这些女孩对校园、对职场、对生活的态度。她们在“剩女”被津津乐道的世界里坚持着宁缺毋滥的法则，毕业经年仍然保持着清澈的眼眸；她们在女博士被称为“第三性”的时代里守护着做学问的单纯，对枯燥无味没有尽头的学术生活保持着最初的热情。

她们似乎天生具备一种独特的韧性，在荆棘遍地的大环境里既不呼天抢地，也不故步自封，积极适应着种种残酷的法则，然后在孤独又狭窄的夹缝里倔强地成长着，直至幼弱的蓓蕾终于绽放出幽芳的香气。
我也不喜欢一个老气横秋的同学每每带着怨气絮叨：“这个国家坏掉了……”。
相比起来，我更喜欢陈文茜郑重其事的坦言：“在我成长的岁月中，日子不是一天比一天匮乏，反倒是一天比一天有希望，这是我们那一代人的幸福。”

她并非盲目闭塞，她只是看到在这片广袤的土地上：“忧患与安逸，悲剧与欢乐，永远并存。”

前几天看书，书中讲到有一名大学生对大学教育充满了失望与不满，财经作者吴晓波说：“办法其实只有两个，一是逃离，坚决地逃离；二是抗争，妥协地抗争。”

他说到自己在复旦大学读新闻系时，将数千篇新闻稿件肢解分析，一点点学习新闻写作的方法。因为老师说知识每一秒钟都在日新月异，所以他将自己关进图书馆，然后一排一排地读书。从一楼读到二楼，再从二楼读到三楼，最后读到珍本库。

如今他说：“当我走上社会，成为一名职业记者的时候，我一点儿也不抱怨我所受的大学教育。到今天，我同样不抱怨我所在的喧嚣时代。我知道我逃无可逃，只能跟自己死磕。”
而我也愿意相信，无论酷暑隆冬，无论受难与否，日日都是好日。在我们至短至暂的生命里，希望并非聊胜于无的东西。它是所有生活的日常。

借用廖一梅在《恋爱的犀牛》中的一段话：它是温暖的手套，冰冷的啤酒，带着阳光味道的衬衫。它支撑着我们日复一日的梦想。让如此平凡甚至平庸的我们，升到朴素生活的上空，飞向一种更辉煌和壮丽的人生。

既然逃无可逃，就一起死磕到底。
我想，总会有一条路能带我们走向最想去的地方吧。

I BELIEVE

你必须守住内心的火焰

来，干一杯，遥祝理想不死。像尼采说的，“在自己的身上克服这个时代”。克服它的混浊、粗粝、不近人情。克服它的嘈杂、不公、狼烟四起。克服它让我们燃烧了万丈豪情，又用一场场冷雨浇熄的任性。像刘瑜说的，“你必须守住内心的火焰”。管那微弱的火焰是最渺小或壮阔的词汇。

回想当年，我是一个灰头土脸的高中生，而尹总是一个光鲜亮丽的高中生。长发如海藻，肤白眼大，腰细腿长。发表班长竞选演说时落落大方，让讲台前穿着臃肿校服掰着手指头算数学题的我自惭形秽。

我至今仍然记得那天下午她说的话："每个人都是一块带着棱角的石头，但唯有相互磨合，让彼此的棱角能找到恰到好处的位置安放，才能让我们成为一个团队和集体。因此，我希望自己要成为的角色不仅仅是班长，而更像一个居委会大妈，为你们每个人找到放置棱角的位置。"

后来尹总果然顺利当选班长，将各项班级事务处理得井井有条。更让我自惭形秽的是，如今十年都快过去了，我仍然无法像她一样，自信从容地说出如此流畅清晰、让人记忆犹新的一段话，所以我知道未来她肯定会大有作为。

后来高中毕业，一别多年，各自殊途奔波。我一直读书，尹总大学毕业后很快参加了工作。她遇到过刻薄刁钻的客户、冷嘲热讽的同事和蛮不讲理的老板，不知多少次深夜在电话里找旧友痛哭，第二天又面不改色早起上班。

尹总最大的优点是勤快。在第一个单位工作时，每天早晨比保洁阿姨到得还早，将大厅楼梯、门里门外打扫得干干净净。这本不是她分内的工作，只是端庄明艳的她觉得来都来了，不如顺便打扫一下卫生。没承想领导偶尔早来，总见她勤劳的劳动背影和一屋子的窗明几净。领导见一次以为是偶然，次数多了才发现这姑娘日日如此，遂赞赏有加。
该干活干活，该吃苦吃苦，努力走，不抱怨。这就是她。

尹总说自己最大的遗憾就是学历不高，所以她家的书快摆成了长城，从《道德经》到《美术史》，从《艺术学》到《三国志》。因为这，我总觉得上帝公平，没给她高学历，但却给了她敢拼敢闯的勇气，也给了她随时随地谦逊好学的品格。学历可以弥补，但是那些心底里的品质注定她将比我们走得更远，更开阔。

尹总最后一次辞职，准备自己创业开办文化公司，我在她家帮忙写文案，短短两千字，像是信手涂抹的风景画，水中望月般不真切。没想到几个月后，尹总竟将它变成了现实。国画大师为她公司取名“铂云堂”，出售文墨字画、红木家具，啧啧，高大上。我可以预见那个即将在这个城市占据一席之地的小公司，有尹美女坐镇，守着书画墨香，茶香袅袅，美不胜收。
最后的最后，尹总终于成了尹总，我也终于不再是当年教室里第一排那个灰头土脸的高中生了。

2013年10月底的一个周末，正当求职季，辗转两个城市来来回回参加了数场笔试，疲惫不堪。有一晚高中同学小聚，在大排档里吃麻辣龙虾，让人简直忘了那晚的月黑风高和秋意深凉。
卢慧儿和男友亲密，我看着她眼眶潮湿。想起上一个春天，我们在冰冷的大街上走啊走，身边车如流水，我不知该怎么安慰她的心碎和酸楚，只能说些诸如“真爱不可耻”或者“时间是最好的解药”之类苍白无力的鸡汤话。所幸爱情自有天意，兜兜转转千帆过尽之后，总能遇到那个对的人。

在坐的还有另一个同学，我们俩高中毕业之后就再没见过。我不禁感慨：“六七年前她在考试，我也在考试。六七年后，她都要当妈妈了，我居然还在考试！”一桌人哈哈大笑。是的，她怀胎六月，但是拍着桌子大叫大骂的神态、语气还跟高中时一模一样，旁边孩子他爸眼神宠溺，帮她端茶倒水，捶背揉腿，羡煞旁人。

近十年过去，我仍在校园，她们结婚生子，愈走愈远。她们开始聊新房装修、婆媳矛盾和妯娌关系，我难以插话，但作为旁观者已觉得温暖无比。生活让她们一路颠簸，带走了纯白的校服、演算纸和成绩单，带走了所有女儿家的幻想寄托，但终究让她们在茫茫人海中找到了相伴一生的那个人，开始担起为人妻、为人母的沉甸甸的甜蜜负重。

饭毕我们去尹总家住，她将薰衣草枕头拍软了递给我，窗外灯影朦胧，窗内静谧温暖。年少时所有朗朗笑声还绕在梁间，好似我们还在十几岁的少年时，初心仍在。我随手写了一小段文章拿给她看，她欷歔感叹，小心翼翼地存下，为这一路的披荆斩棘、风雨兼程，也为这一路的肝胆相照、惺惺相惜。

多好，世事再苍茫，幸有美食与好姑娘不可辜负。

第二天清晨，七点钟醒来，扑鼻草香，睡意蒙眬中尹总已经接了数个电话，谈妥了几笔买卖，精神抖擞地吃罢早饭迎接新的一天的到来。

我坐着早晨最拥挤的那趟公交车回到学校赶一场宣讲会，深秋的雨噼里啪啦落下来，在西裤上甩出一个个狼狈的泥点，踩着高跟鞋咔嗒咔哒地小心翼翼地走着，一如等待检阅的心情。可一进宣讲会的大门便遇人山人海，精心描绘的妆容没人看，泥沉大海般的简历更没人看。

在所有成长的困境里，我一直囿于这样的困惑：寒窗苦读二十年，选择工作时仍然如此无力，或许还会在日复一日的体力劳动与虚情假意的觥筹交错中，消磨掉所有清澈的追寻与漫长的建构。是我选错了行业？是我仍然不够优秀？还是世界原本便是如此？

可是，人生苦短，哪由得自己这般困惑，一不小心困惑变成蹉跎，还不如在能改变的时候改变，能奋力一跃的时候别犹豫，也别胆怯。更何况这世界有多少人战场丧生，多少人众叛亲离，多少人连追寻的机会都无从得到，我们何以柔弱至此。断不至于在困境里沉沦，更不至于在困境里丧失自我。

像尹总一样，要有打碎牙和血吞的忍耐；也要有愤然出走的勇气。要有拼命适应环境的韧性；也要有摸索着创业的果敢。

总有一天，该有的总会有，该来的总会来。

来，干一杯，遥祝理想不死。像尼采说的，“在自己的身上克服这个时代”。克服它的混浊、粗粝、不近人情。克服它的嘈杂、不公、狼烟四起。克服它让我们燃烧了万丈豪情，又用一场场冷雨浇熄的任性。像刘瑜说的，“你必须守住内心的火焰”。管那微弱的火焰是最渺小或壮阔的词汇。

你要比我更加相信，在这条光荣的荆棘路上，星星之火，可以燎原。

我们多少都
往前走一段

I BELIEVE

人人都愿一路顺遂，可他人永远无从了解你所经受的一切苦难、负重和挣扎困顿，所以任何隔岸观火的安慰都显得苍白无力，何况我连安慰也无从言说，只能讲这个故事给你听。如果它能给正在夜路上跌跌撞撞不知终途的你一点点光亮、一点点勇气和一点点力量的话，我已备感荣幸。

前几天有个姑娘给我发邮件，内容有点儿沉重，大意就是说农村长大的她从小都过得很辛苦，大学毕业之后留在了北京，原本以为生活可以轻松一些了，可刚工作工资并不高，补贴完家用之后仍然寒酸拮据，辛苦和烦琐也让工作的乐趣慢慢消失。独自挣扎的孤独和不如意交织在一起，让她时常感觉灰暗。

我不知该如何回复，但想给她讲讲家宁的故事。

家宁是我的一个姐姐，在一个年人均收入大约只有1000元的村子长大。她还有个年龄只差四岁的弟弟，大概估算一下两个人的学费，就知道那点儿微薄的收入支撑两个孩子读完大学有多难。

家宁从小学高年级开始住校，学校的条件非常恶劣，整个学校的女孩子挤在一间平房里的几张大通铺上，冬天没有任何取暖设备，所有小孩的手指都生着触目惊心的冻疮。因为乡村重男轻女的思想十分严重，从初中开始，班里就陆陆续续地有女孩子或主动或被迫辍学。家宁是村子里第一个考上大学的女孩。

家宁说一路走来，她心底只有感激，全是感激。因为和她同龄的喜欢读书却被迫辍学、辛苦外出打工，不到二十岁便草草嫁人的女孩子相比，她深觉自己无比幸运。

不是没有人劝她父母让她辍学，好省点儿钱供她弟弟读书，但他们仍然砸锅卖铁将她送到了大学，这其中也并没有什么伟大的望女成凤的思想在支撑着他们，你若问她妈妈，她只会略带不好意思地说："她喜欢上学啊，就让她上吧。"

家宁学的是建筑。毕业之后，她找到的工作是一家刚刚起步的设计院。前6个月月薪只有700元，还天天加班。我们都为她感到委屈，但家宁觉得这地方不错，因为人少，大事小事都由她经手，虽然一开始待遇差，但对她而言，喜欢的工作环境和很多的锻炼机会才是诱人的。

我不知道那段时间她办公室的灯光每晚亮到几点，她才疲惫地离开；也不知道她工作之余如何挤出时间去考建造师的职称，只知道从月薪700元到7000元，她只用了不到3年的时间。

阅历渐长，正当盛时，七八年间人来人往，很多朋友也劝她跳槽，可她觉得这家公司于她有知遇之恩，所以仍然选择留在那里。

她的老板是个比我妈妈还大一点儿的女人，因为家宁在她创业之初风雨陪伴着她，所以待她堪比亲生女儿。

这几年来，家宁过得踏实满足，慢慢地也实现了很多之前碍于经济原因无法实现的愿望。

比如她想去旅行。以前她哪里也没有去过，但工作之后表现出色的她经常被公司派去全国各地参观学习，几乎走遍天南海北，最近还去了韩国和日本。比如她想读研。大学毕业时急着工作养家糊口，前年攒够了学费，终于考上了同济大学的在职硕士。

去年的春末我去那座北方的小城看她。红砖铺就的道路笔直干净，遥遥相对的法国梧桐伸展着茂盛的枝丫，在马路中央的天空交汇，阳光斜漏下来，将她的脸庞照得柔亮红润。我们手挽着手，鞋跟踢踢踏踏地踩在路上，耳边有猎猎的风声。

因为贫困，她度过了窘迫寡淡的童年，少年时大部分时间都在忧虑明天还能不能上学，连别人最灿烂的青春于她而言也只是廉价的衣服和沉重的债务。
如今，她快30岁了，还完了欠款，仍然兢兢业业地工作赚钱，但年少时的仓皇与胆怯已全部褪却，平淡和忙碌的工作背后还生出了新的心愿和希望。生活终于还她以礼，而她也甘之如饴。
那一刻，我觉得再也没有谁比她更美好了。

忘了说，家宁的弟弟争取到了国家公费留学名额，今年要去美国攻读医学博士学位，暑假过后就要前往波士顿。这个十年前站在寒风里因为冬装太单薄而打着寒战的男生，也终于要飞向更广阔的天空。你看，连命运都不忍再苛待他们。

最近一直在读加缪的散文集，字字珠玑。尤其是看到他谈论贫困的那一段，感触至深。加缪说："于我而言，贫困从来不是一种不幸：光明在这里散播着瑰宝，连我的反叛也被照耀得光辉灿烂。我甚至可以理直气壮地指出，这反叛始终是为了贫困中的众人，是为了使他们的生活能够升向光明。"

他还说："无论如何，那美好的炎热天气伴随我度过童年，使我不会产生任何怨恨。我固然生活在拮据之中，但也不无某种享乐。我感到自己有无穷无尽的力量。贫困并不是这种力量的障碍。”

诚如加缪所言，可能严寒与酷热、路远与奔波、挫折与脆弱也不是这种力量的障碍。我问家宁，若有障碍，你觉得是什么。单身的她这半年一直面对着一大波相亲对象的“来袭”，所以她紧锁着眉头哀叹：最大的障碍或许是不爱吧。

是啊，最大的障碍或许是不爱。焦虑和不安是因为不爱，拖延和懒惰是因为不爱，放弃和离开是因为不爱。

难怪乔布斯会说，“你要找到心底的热爱”。难怪《自由在高处》一书里，熊培云谈到自己的写作时会说：“我每天都舍不得睡，想了解世界多一点儿，想写作时间多一点儿。唯一需要有毅力去做，又未做成的事情是劝自己早点儿睡觉。”

亲爱的姑娘，人人都愿一路顺遂，可他人永远无从了解你所经受的一切苦难、负重和挣扎困顿，所以任何隔岸观火的安慰都显得苍白无力，何况我连安慰也无从言说，只能讲这个故事给你听。如果它能给正在夜路上跌跌撞撞不知终途的你一点点光亮、一点点勇气和一点点力量的话，我已备感荣幸。

既然都已经走了那么远，为何不再往前走一段呢？说不定不远处就有光。不如我们都往前走一段。若能找到心底的热爱，就算那些障碍还在，多少也会更强大一点儿，再强大一点儿。

趁我还年轻

I BELIEVE

之于社会对八零后和九零后的诟病，其实我只相信一切人类思想的灵魂不会在这一代人中覆灭，反而会在这一代人中升华，因为混乱中分崩离析的只会是不堪一击者，而残留和光大的必将像利刃一般无往不前。

我们年轻、贫穷、一无所有，但一切好像还是充满了希望，世事尽可期待。

七年前，高考结束，我一心想要报考中文系，可惜没能拗过我爸，他替我选择了看起来似乎更容易就业的金融系。四年之后，我坐在研究生的课堂里，高级微观经济学的课本是马斯科莱尔的英文原版书，密密麻麻的全是数学公式、图表和证明。

老师说，你们都学过数学分析了吧，好，那这个定理我们就不解释了，直接引用。天知道，我连高中数学都没学好。于是，那漫长的研一一年，我在这门每次三个小时的课程上，经常一个字都听不懂，恍惚间好像又回到了高中时在理科重点班考倒数第六名的日子，甚至比那时还要煎熬和焦灼。

在这些并不太尽如人意的年头里，“读点书”和“写点东西”这两件小事像止痛剂一样治愈着我。

去年的暑假，网上一篇叫《寒门再难出贵子》的文章风靡一时，让我们那一层楼的女生看完之后集体抑郁了一把。八月初酷暑正当头，为了将最后一个暑假过得充实，我们枯守在没有空调的学校，而这篇文章几乎致命性地让我们陷入了茫然和无助。那晚我写了《我比谁都相信努力奋斗的意义》，用这个俗不可耐的题目表达着一种近似无畏的叫嚣。

可是第二天一早，我的同学们在蒸笼一般的宿舍里醒来，该考注册会计师的继续去做题，该实习的继续去跑客户，该考博的继续去看专业课，该写论文的继续去研究文献。她们笃定的状态让我觉得前一晚那场声势浩大的怨气和讨伐好像并不存在。她们甚至不需要和我一样，非得自我灌输一通意义之类的东西才能安心入睡。

再聊起这个问题时，我的一个同学说：“努力不能改变出身，难道放浪形骸、肆意堕落就可以吗？”是啊，除了继续做这些小事，又有什么其他的事情好做呢？生活又不在别处。

三个月后，我去参加一家股份制银行的面试。我被问到的第一个问题便是：“家里有什么资源呢？”，没有任何寒暄和伪饰，就是这么直接。当我被步步追问，将亲戚朋友的家底都交待得一干二净之后，他们问了最后一个问题：“如果给你三个月，要完成一个亿的存款任务，你怎么办？”

我和同学一起回学校，雨下得很急，挤在高跟鞋里的脚和心情一样尴尬。她看向我的美丽眼睛里蒙上了一层雾气，也许是我的眼里也起了雾。

其实作为金融专业的学生，更何况报的岗位还是对公客户经理，我们非常清楚甚至理解银行的选择。互联网金融的席卷式冲击，让银行面临着前所未有的威胁，持续的钱荒和利率市场化的推进，更是加剧了银行业的竞争，银行当然也想要能带来潜在资源的应届生。

可冷静过后，我仍然无法忘记高贵华丽的面试间里那一瞬间的失意和颤动，于是在淋雨过后的头痛中写了《你必须守住内心的火焰》。

我爸看了我的几篇文章，说我全凭一时冲动和一腔热血，他说你若是再等三天，恐怕就会更冷静和平淡。是啊，我甚至没有见过真正的苦难，那些为赋新词强说愁的“愁”也不过是没考上心仪的学校、专业不大喜欢、课程听不太懂、未来不知何去何从、找工作经历了一点儿小挫折而已，好像实在不适合畅谈人生感悟。

后来，我看到加缪说“没有火就没有光”，司汤达则说“我的灵魂若不熊熊燃烧，必将永经磨难”。在加缪和我一样的年纪里，他写下了一些散文，多年之后，集结成文集《反与正》。在自序里他说：“这些笨拙的篇章比以后的一切篇章里，都有着更多真正的爱。”

我看了深感触动，虽不敢引用大师的原话，但也觉得在我的这些篇章里，或许有着最多的热烈和真挚，连同疼痛后近乎偏执的自我鼓舞，和最为幼稚却无处不在的坚定。

更何况，我并不觉得这些微弱的阵痛没有意义。因为并不只是我一个人在经历这些微弱的阵痛，因为年轻人的成长无论在哪一个时代都是一个重大甚至宏大的命题。生存还是生活，面包还是梦想，英雄主义还是犬儒之道。精神导师换了一茬又一茬，可以指导一时，却永远无法指导一世。

考研，国考大军，最难就业季，休学辞职去旅行的热潮，从逃离北上广到回归北上广，每一个冰冷的新闻词汇背后，都是一个个滚烫的灵魂，孤独地寻找着自我救赎和成全之道。

个人的选择在壮阔的宇宙和时间的洪流中好似微不足道，但对于个人而言，每一个微小的步伐都可能引发天翻地覆的巨变。没有混乱就没有疼痛，没有冲击就没有反省，没有抗争就没有进步。我知道我身边每一张看似风平浪静的年轻面孔之下其实都暗流汹涌。推翻，重建。再推翻，再重建，才最终形成一个人的价值观。

罗曼·罗兰有一句流传甚广的话："真正的英雄主义，是在认清生活的真相之后，仍然热爱生活。"我很难说自己已经认清了生活的真相，但是无比确定我仍然热爱生活。

虽然我对一系列高级经济学的课程连皮毛都没有学会，但是那些妙语连珠的老师带给我的财富远远超越了听不懂课的痛苦。

那个教高级微观经济学的老师不仅会用几个小时来推导一个定理，他还会说："课堂上没有真理，只有前人的智慧和有依据的判断。我的依据是19世纪末20世纪初人们对真理的讨论。"他甚至还说"革命没有浪漫，只有暴力、血腥"或者"看《红楼梦》，能在荣华富贵中看到恐惧，在吃喝玩乐中看到悲伤"等颇具深意的话语。

而我的另一个老师在课堂上提问："存不存在客观概率？如果不存在，那计量经济学可就坍塌了。"一个同学补充："那再问一句，存不存在上帝呢？"

他们都在最意气风发的年纪，目光灼灼、思绪翻涌，那一瞬间的思辨竟让我觉察出一丝古希腊苏格拉底式坐天论道的哲学意味。

我也庆幸自己在路途中遇见的所有朋友。我们身居斗室，仍然在谈论自由，谈论个人意志，谈论孤独的内涵和死亡的隐喻，研究户籍制度，研究幸福指数和民众信任。尽管很多意义被磨灭，很多意识被忽略，急功近利的浮躁像浪潮一样催促着我们的脚步，可那些形而上的东西仍然和几个世纪前一样，足以让很多年轻的瞳孔在深夜里闪闪发亮。

之于社会对八零后和九零后的诟病，其实我只相信一切人类思想的灵魂不会在这一代人中覆灭，反而会在这一代人中升华，因为混乱中分崩离析的只会是不堪一击者，而残留和光大的必将像利刃一般无往不前。

我们年轻、贫穷、一无所有，但一切好像还是充满了希望，世事尽可期待。

我甚至仍然信奉“为什么我的眼里常含泪水，因为我对这片土地爱得深沉”这句偶尔觉得有些矫情的诗句。

幼时读曹文轩的《草房子》，觉得小主人公桑桑的故乡才是故乡应有的模样——乌篷船驶过曼妙柔软的水草，连带着乡愁都变得又轻又柔，最适合入梦。

可当我站在因重工业污染而时刻灰蒙蒙的故乡的苍穹之下，运煤车轰隆轰隆地驶过，散落的煤渣让鞋子蒙上难堪的黑色。远处煤矿被挖空，地表在下陷，每逢下雨便成了伤口似的黑色的湖。近处一群小学生正玩命地奔跑，菜市场上此起彼伏的声音响在耳畔，人世间仍然生机勃勃。

那一瞬间，我竟觉得也许就是它——就是它的粗糙和暴烈变成了我心底里最坚硬的内核。而在我另一个故乡，白杨树在干涸的河流边像卫兵一样耸立，每逢风吹过便哗啦哗啦作响。没有路灯的村庄夜晚深陷黑暗，女孩们早早辍学嫁人生子。农业机械的进步并没有改变“日出而作，日落而息”的劳作模式，他们仍像千百年来所有的祖辈一样，躬耕田亩，循着寒来暑往的自然规则，和原野上被冬雪覆盖的麦苗一样等待希望。

而我，还是想继续读点儿书，写点儿东西。

趁我还年轻，趁泪腺还滚烫，面容依旧炙热。

有父如此，女复何求

I BELIEVE

自十六岁离家外出读书，我独自跟世界厮杀时从无畏惧，深夜里的泪痕从不留到黎明。是因为我知道无论走得多远，还是能在脆弱至极的那一刻，卸下所有在陌生人面前佯装镇定的伪装与彻头彻尾的狼狈，走到他面前放声大哭。

01

我出生的时候他28岁，婴儿时候的我很胖，脸蛋、胳膊和腿都无一例外的滚圆。我想象不出那么瘦的他抱我时是什么样子，家里居然没有一张一岁前的我与他的合影。

但是我看过我出生前他与妈妈在泰山山顶拍的照片。剧烈的山风吹过头发，他戴黑色边框的眼镜，微微地笑，细长的手指交握着扣在膝盖上，像一个文弱的书生，难免让人想起柏桦的诗："小竹楼，白衬衫，你是不是正当年？"

他是那个时代的文艺青年，从小给我唱的歌都是20世纪80年代的校园民谣，既能将一手楷书写得端正有力，也能在下班后的晚上端坐在书桌前读一本欧·亨利的小说集。直到现在，我给他讲我读的书，他也能从谍战剧和警匪片中抽身，听得津津有味。

彼时他还是中学老师，能写一黑板漂亮的板书，然后轻轻地拂掉落在衣袖上的粉笔屑。他数理化样样精通，可惜这些天赋都没有遗传给我。

我初中的化学老师当年也是他的化学老师，他毕业之后回校教书，他们便成了同事。初三刚开了化学课，我拿着不及格的试卷战战兢兢地站在办公室里等着挨训，那位胡子已经略白的化学老师摘下老花镜，恨铁不成钢地摇头叹气："你说说，你爸爸的化学这么好，你怎么就……唉……"。

我能记得三岁时被奶奶牵着走街串巷唠家常，也记得坐在妈妈当老师的小学教室里被一群哥哥、姐姐围着看，尽管他陪伴我的时间最多，但对他最早的记忆却莫名其妙的模糊。

关于他的最早的记忆来自四岁夏天的一个傍晚，我们爬上奶奶家的房顶看夕阳。他问我要不要去上幼儿园啊，我说好。初秋，幼儿园开学了，他骑自行车送我，沿途路过苍翠的田野和安静的村庄。

第一天上学，我一改之前说好的“听话”，他一走我就放声大哭，他无奈，只好在窗外站了一天陪我，直等到教室朝西的灰木窗框被傍晚的斜阳照成柔柔的粉色。

第二天，他一走我还是哭，于是他只好指着停在院子里的自行车跟我商量：“我站着太累了，我去你们老师的办公室坐着吧，我保证不走，你看我自行车在这儿呢。自行车在这儿，我走不了，对吧？”

我想了想，答应了，上课的时候一直监视着那辆自行车。后来我才知道，虽然自行车一直放在那里，但他却偷偷地溜走坐了公交车去上班。不小心说出真相的时候，他不顾我的愤怒，幸灾乐祸地笑我：“小孩子真好骗啊。”

妹妹出生之后，妈妈常常走不开，所以总是他接我放学。有时候他下班晚了，我只好坐在幼儿园门口高大的梧桐树下等他。北方小镇的街道，车辆路过时，尘土在阳光投射下的阴影里飞扬。

旁边有白发的老奶奶摆摊卖凉粉，还有灰色的鸽子拍着翅膀飞过天空。我把脚边的小石子踢来踢去，把所有路过的蚂蚁数了一遍，才看到他骑着那辆老式的黑色自行车，按着铃铛来了。

他给了我最好的童年时光。他给我买足球鞋，在少年宫的小操场上教我踢足球。也帮我选连衣裙和绣着粉红色花朵的小皮鞋，还有琴键雪白的电子琴。

春天他带我去看漫山桃花，走过长长的田垄找一大片空地放风筝。

夏天去看荷田，我顶着一片荷叶坐在水塘边，光脚在水里晃来晃去，被突然跳出来的小青蛙吓一跳，溅一身的水花，然后两个人一起哈哈大笑。

秋天来了，他每天早晨把我一头睡得凌乱的短发梳得整整齐齐，系上围巾之后再走远几步左右端详一番，满意地笑一下，然后看我出门上学。

他没遗传给我理科天赋，但却教会了我写作文。小学时准备《国旗下讲话》，我很早就会写“是他们抛头颅，洒热血，换来了飘扬在共和国上空的鲜红旗帜”，上大学交思想品德课的作业，还是这样写，被他嘲笑“居然没有一点儿进步”。

初中开始学物理、化学之后，我渐渐开始读得吃力，又因为上学早，一夜之间便告别了原本无忧无虑的时光，不快乐的日子越来越多。有一次期中考试之后开家长会，班主任给家长们布置了个作业，让给自己的孩子写封信。

就我所知，很多同学的家长都没有写，但是他很认真地写了，还仔细地用信封封好交给我。几页白纸上，他详细地分析了我的各科试卷与成绩，还罗列了一条一条的意见与建议。
那封信我用了很久才看完，差点儿看出了眼泪，暗暗地发誓总有一天要让他为我骄傲。后来陆续几次搬家，已经再也找不到那几页稿纸，可是我记得他端正的楷书，和笔尖渗入纸张的期望。

我的叛逆期来得晚，但也几乎持续了整个高中。学习压力大，加上经常生病吃药，戾气十足，和他的交流日渐变少。每一天深夜，晚自习放学之后，他都一样接我回家，在深而悠长的小巷里只用踢踢踏踏的足音陪着我度过沉默灰色的青春。

那漫长的几年，我只顾着沉浸在自己伤春悲秋的世界里，竟从未理解过他看着终于长大的我，却数年无话可说的无限寂寞。

直到上大学的某一天，他到学校看我。
天已近隆冬，冷风肆虐地钻进脖子，我挽着他的胳膊在陌生的街道上慢慢地走着。

想起二十年里他陪我走过的路，从故乡熟悉的大街小巷到异地他乡起风的街头。我的脚步从蹒跚变得稳健，他的脚步却从急促变得缓慢。是他将所有深沉的爱意都注入了我不断变大的脚印里，而我却残忍地将每一步成长都化作皱纹刻上他的面庞。

02

研究生开学报到的那天，我本想独自前去，可他还是坚持要送我。学校不大，为了维持交通秩序，只允许新生家长们将车开到停车场。停车场距离宿舍楼有一段不算短的距离。更要命的是，我的行李事无巨细，囊括了暖瓶、洗脸盆和洗衣粉，还有一大袋又厚又重的书。

来回好几趟，他快步地走在我的前面，沉重的行李让他本来就瘦弱的脊背显得更为瘦弱。那一瞬间，我想起了初一学过的课文《背影》。当时的我一读到那句“我看见他戴着黑布小帽，穿着黑布大马褂，深青布棉袍，蹒跚地走到铁道边”就想笑。他问我为什么想笑啊，我说怎么会有人戴黑布小帽呢。

可是那天，我看着他的背影，突然和朱自清先生一样满眼是泪。小时候的我，一定想不到未来会有这样的一天。

这一天，我终于长大了，不再需要他给我讲数学题、物理题、化学题，也不再需要他在每天的晚自习后踩着路灯的光接我回家，甚至不再需要他听我讲为什么觉得黑布小帽好笑。
我像他期望的那样，走向了一个更大更远的世界，他虽有无限留恋不舍，但却从未因此而束缚或影响我的选择。

他的足音仍然寂寞，他的注视仍然沉默，日复一日在原地等我荣光之后一个开心的回眸，可荣光那么少，连带着回眸也变得淡而薄，他就在这样一天又一天的等待中老去了，从无怨言。

所以这几年来我的泪点越来越低，想到他给我写过的信鼻子就会微酸，想写一篇关于他的文章，还没打开空白的文档就已泪湿眼底。

后来我恍然想起，小时候我曾拔过三颗牙齿。前两次我独自去家附近的小医院，不哭不闹，勇敢异常，惹来医生好一通夸赞。可第三次他陪我一起去，医生的麻醉针还没打下来我便开始放声大哭。医生无奈地看着他说：“前两次都没哭，这次肯定是看着你在才哭的。”

自十六岁离家外出读书，我独自跟世界厮杀时从无畏惧，深夜里的泪痕从不留到黎明。是因为我知道无论走得多远，还是能在脆弱至极的那一刻，卸下所有在陌生人面前佯装镇定的伪装与彻头彻尾的狼狈，走到他面前放声大哭。

尽管我长大了，再不会用哭泣来换他的忧虑不安，但我全部的心安与镇静皆源于深知他爱我。那原是我最牢固的后盾和最温暖的港湾啊。

也是走过如此漫长的道路之后，我才知道，他之于我，不仅是父爱如山的恩重情深，还用他至为珍贵的品质潜移默化地影响了我的人生。

03

他是真正的君子。谨言慎行，从不妄言，凡事讲理，甚少怨怼。不知是不是因为在孔孟故里出生、长大、老去的缘故，他和妈妈血液里汩汩流动的全是儒家温良恭俭让的克制。有时候，我甚至觉得，他们在某种意义上超越了人类自私的本性。于他们而言，善良不像是一种品格，而更像是一种生活方式。

以至于我看到亦舒写：“有些人连吃一只苹果也扰攘半日，盼望世人赞赏他张嘴的姿势曼妙。有些人在荒漠艰辛掘井，第一口水先捧给更有需要的人喝。”立刻想起他们，想起他们时刻心怀的善意。

在我的记忆里他和妈妈几乎从未争吵过。两个人都是第一次相亲，没有一见钟情的浪漫，也没有倒追苦追险些私奔的虐恋，觉得合适很快就订婚结婚了。

事实证明，他们确实合适。合适得就像偶像剧或网络言情小说里的惯用桥段，比如袁湘琴和江直树，比如赵默笙和何以琛，对，就是糊涂单纯女和深沉心机男。

妈妈直到现在还是个特别迷糊的人。我上幼儿园她给我整理书包，不是落书本就是落水杯。我长大之后更是见证了她老人家的“不长心”。出门老不带手机，水电费的缴款单丢在路上，短信看过一眼瞬间就忘记。而他的特长就是纵容妈妈无限地迷糊下去。

有一次，妈妈的表哥出了车祸，事出紧急。由于爸爸的单位离急救医院最近，所以他第一时间赶去了医院，结果只能眼睁着表舅不治身亡。回家之后，他表情一切如常地换衣、洗脸，除了没怎么说话，仍然吃饭，仿佛什么都没有发生。

饭吃到一半，表姐打来电话商议出席葬礼的事情，妈妈一阵惊愕，挂了电话之后哭着问他，回来为什么不告诉她消息。他只静静地说了一句：“我本来想等你吃完饭再告诉你的。怕你听了之后吃不下这顿饭。”

我一直记得那个傍晚。在世界带着它的凄风冷雨迎面而来时，他不能阻挡她被淋湿和伤害，只能让那伤害来得晚一点儿，再晚一点儿。至少，让她吃完那顿饭，好有力气去对付外面的刀光剑影。

他就是这样，保卫了我妈妈几乎与世无争的单纯。也让我知道这世间原没什么更好的人和更好的爱，最好的爱情也不过是懂得、相守和陪伴。他并不用他沉默的深情来邀功，她也不用她日日不安的挂念来做过多的索取。

她不擅做饭，他甘之如饴。他固守清贫，她自得其乐。

是他们的无限温柔给了我一个最好的家，以致“家”这个概念每每在我的脑海里浮现，都像我家旧时阳台上顺着竹竿慢慢攀爬的五角星花一样，枝叶柔软，花朵鲜艳。远处白云翻卷，近处蔷薇的香气轻轻地飘过来，一派柴米油盐的热闹中自有安宁与静谧。

是他们让我深信，爱若细水长流，岁月自有深意。

04

现在他老了，生活愈发素淡和静。原本从不抽烟喝酒，但偶尔家宴，他小酌几杯，话会不经意地多起来，耐心地哄表姐们的孩子玩，学不同动物的口吻给他们念童话书。但仍然不絮叨，也不说黏稠的话，在我临走前问一句：“怎么，这就在家待够了啊。”几乎是他能说出的最深刻的挽留。

我有时写不出东西来，跟他倾诉，为求灵感缠着他讲故事。他想一会儿，开始讲他的同学同事，讲他打马而过的半生烟云。他是最会讲故事的人，起承转合，字字珠玑，每每几乎让我想要录音。

写了一些心灵鸡汤之后，很多小朋友给我写信，我有时不知道该怎么回，告诉他，他说：“你不要隔岸观火，要设身处地。”所以我大概知道了为何他总能得到人人交口称赞。是因为他少年时极度贫困，勉力支撑着读到大学，他比谁都能体会那些苦难的内核。是因为他总设身处地去谅解他人的焦灼、尴尬与有苦难言的境遇，别人不说他从不多问，别人说了他尽最大的能力给予开导和鼓励。

有时在网络上看到一些人恶语相向，我觉得委屈。
他知道后给我发了一条特别长的短信：“既然站在了高台之上，就不能只承受仰视。有人给你行注目礼，就有人向你丢鞋子。当你在人群里默默无闻的时候，当然没人骂你，因为根本就没有人能看得到你。但是你一旦选择了走过人群站到高台上，既给了被众人看到的机会，也给了他们评判你的权利。所以，你要享受注视，就要学会漠视敌对。”

他是让我正视善意的批评，也让我宽恕无谓的恶意。

这两年，他总催促我读《论语》，他自己也几乎将《论语》当成晨报一样每日必读。我入职前，他特意将孔子答子张的一段话抄给我：“多闻阙疑，慎言其余，则寡尤；多见阙殆，慎行其余，则寡悔。”

从小至大，他始终是我最信赖的朋友和最得力的导师。小时候帮我改作文，陪我练演讲稿，老师们都觉得棘手的难题他总能迎刃而解。长大后给我改简历，面试前一遍一遍地听我作自我介绍。但凡我向他求助，那些成长中的困惑定能从他那里找到答案。

我不知道他是如何能在一个严父与慈父之间游刃有余地转换的。高考后他觉得我该减肥了，每天五点半便站在卧室里锲而不舍地叫我起床，直到把我“烦”起来，带我去跑步。刚开始实习我不习惯，他听了我没头没脑的抱怨后也曾厉声训斥。每每遇事向他诉苦，他总是先反问我一句：“你想想，你有没有做得不对的地方？”

所以他从未娇纵过我的任性，也从未包庇过我的错误。直到现在，若遇到痛苦、失落、不解等负面情绪，我反省和思考的时间也远远大于情绪波动的时间。

是他教会我，单单经历远远不够。要经历，然后思索，从那些或微乎其微或声势浩大的痛苦中淬炼出一点点的教训与心得，这才是痛苦的意义，也是成长的意义。

我有太多的地方像他，不喜欢人多嘈杂，经常因此得罪盛情邀请的朋友。

有时候甚至跟他们说："不要逛商场，不要去KTV，你们对我最好的爱就是我们安安静静地坐着说说话。"

但偶尔去到人多嘈杂的地方，忍不住便要费尽全力说笑话扯段子捧场。我们都一样，在无尽长日里，泡杯茶看本书，便是最为舒适的时刻。

偶尔回家，我就着一盏台灯看书，他在旁练习小篆。我看着他伏案的背影，想起小时候，每每除夕将近，他在老家宽阔的案几上裁红纸写对联，笑声朗朗。

多么庆幸，相视而笑时，我们父女间莫名的默契仍然还在，并未因为我的长大和他的老去而有一丝消减。
半生岁月擦肩而过，如春日落樱了然无痕。他只想在雪夜拥衾读一本旧书，而我只想再多爱他一些，让曾经意气风发，而今垂垂老矣的他再慢一些，再慢一些老去。

有些事，一定要趁年轻的时候去实现

二

人不迷茫
枉少年

I BELIEVE

别害怕那些过去的努力都变成荒芜的沉没成本，即使荒芜，它们也终将积累出我们短暂人生的无穷厚度。更何况，命运总会褒奖勇敢又真挚的人。

如果下定决心要走出“围城”，尽可以向着自己梦寐以求的“别处的生活”狂奔而去。可能你会从头开始，可能你会风雨兼程，但你熬到深夜的眼睛闪闪发亮，你挥向世界的剑锋锐不可当。

最近收到很多信件，有来自大学生的，他们说："不喜欢自己所学的这个专业，但换专业的话又不知道喜欢什么。"也有来自职场人士的，他们说："现在手上的工作了然无趣，可想到跳槽，感觉对别的行业和领域同样一片茫然。"

我便想起自己也有过的很多个迷茫的时刻。

大学时，我心心念念地想从金融专业转到自高中起便异常向往的中文系。大三上学期决定考研之后，便开始犹豫要不要跨考中文系的研究生。

但当时我对中文系的认识还停留在高中时的遐想，于是只好给偶然认识的一位中文系老师发了封邮件，述说了自己的向往、疑虑与忐忑。

那位老师回信说："既然喜欢，不如试试看吧。"还给我发了一份详细的课程表。后来，我开始旁听中文系的课，对着必读书单一本本地读，甚至研究了几所目标院校的考题。

最珍贵的经历是在旁听的课堂上认识了一位优秀的师姐。在我对中文系的考研难度、就业方向一无所知的情况下，她几乎像导师一样给我尽述了她所经历和听说的一切。

在她的帮助下，我意识到考研专业课所需的深厚的知识积累，并非我临阵磨枪，在短期内可以获得的，并且中文专业未来的就业方向也并不符合我预想的职业规划，因此在深思熟虑之后，我放弃了跨考中文系的研究生。

所以我跟那位想要转专业的学弟说，在大学丰富又免费的教学资源里，你尽可以去旁听每个有趣专业的课程，尽可以认识每个专业的老师和学生，通过他们了解这个专业毕业之后未来的职业走向。

在迷茫时，没有什么比亲身的体验更为重要。只有试试看，你才能克服盲目的揣测，真正明白自己到底适合哪个专业、哪种工作。

后来，我又读了三年金融学研究生，还将在这个行业里度过未来几十年的职业生涯。它的快节奏与高风险让我在文学世界的沉静之外，多了沸腾的热血与新鲜的冲劲儿。

而如今我也终于走到了写作的路上，命运的安排悄悄地转了几道弯，却没有改变我对文学的挚爱，这种挚爱更没有因为一个未读的专业而稀释褪色。

但仍然感谢大三时那些旁听的经历，打消了我的疑虑，也让我数年的遗憾化为一缕轻烟。

研二时也有过迷茫困顿，不知该不该实习，不知前路通向哪个方向。一个同学告诉我："实习不是为了获得学分，也不仅仅是为了充实简历。实习是给自己一个最好的机会，去亲自了解一个行业、一个公司乃至一个岗位，去了解它们的运行模式与发展前景，最重要的是，了解自己是否适合它。"

毕业之后，我身边绝大部分的同学最后都去了自己喜欢的行业，做了自己喜欢的工作，并非是幸运和巧合，而是他们不知在多少个实习单位摸爬滚打过，才找到了适合自己的岗位。

很多刚毕业的应届生工作之后心里落差颇大，但我几乎没看到身边的他们有心理落差，大抵是因为他们早就找到了适合自己的道路，也对自己在这条道路上可能遇到的挫折和坎坷有了充分的预期。

只是，这当然不是一件容易的事情。因为只有我看过同宿舍的姑娘每个周一早晨五点钟起床赶飞机出差，强撑着眼皮化妆的样子；也只有我听过隔壁楼的学妹深夜加班回来后，还找我讨论论文细节时略带沙哑的声音。因为他们尽管只是实习生，可勤勉程度毫不亚于正式员工，该加班的加班，该出差的出差，从不含糊。他们都是凡事竭尽全力的人，不求他人嘉奖，只求无愧于心。

这世界从来是鱼和熊掌不可以兼得的，他们从未获得额外的好运，只是牺牲了自己的一部分休息时间而已，只是比其他人付出得更多一点儿而已。但就因为这多出来的一点儿，若这世间有嘉赏，他们也比旁人更值得拥有。

我有一个律师朋友，认识她是在火车上。那天她穿着粉红的大衣，颇有点儿律政俏佳人的味道。

她大学时原本读的管理学，学业压力小，自己没什么规划，整整四年都在恋爱、逃课中度过，每次考试都是考前三天才突击，还要夹带小纸条，毕业前没找到工作，爱情也没修成正果。

毕业之日幡然醒悟，但为时已晚，无奈之下只好去了家里安排的一个事业单位当合同工，每天做的工作不是打印文件就是收发资料。

每每看到大学同学们在外企里紧张忙碌，但却收获满满的生活，再想到自己读大学前的一身壮志，她便迫不及待地想要辞职，可父母当然不同意。

不同意的理由她也无法拒绝，因为这份事业单位合同工的工作是她父母跑断了腿才争取来的机会，她不忍再让父母伤心。

更让她迷茫的是，她根本不知道自己想要的工作是什么，只好去参加职业规划与设计的活动——这是她大学时缺失的课程。直至有一天，她发现最适合自己的职业是律师，那种在法庭上据理力争的辩论过程给了她最大的成就感。

从那之后，她开始在工作之余拼命学习，通过了司法考试。然后，在一家律师事务所找到了新的工作。不待辞职，她已经热热烈烈地奔向了新的生活。

人不迷茫枉少年，几乎每个人都有过迷茫的时刻。究竟该不该考研，该不该辞职，该不该逃离北上广，这些问题不知徘徊在多少个人困顿却清醒的深夜里。

尤其是当你对于此处的生活多有不满时，别处的生活就开始散发出未知而迷人的芳香。但是，奔向别处的路途，一定不是一路顺遂的路途。

人人都说年轻好，我以为年轻最大的好处在于迷茫时你有足够的时间和精力进行“试错”，想了便试，错了再改，总会走到一条顺遂的路上。
人生的路途中，总有一些非走不可的弯道。不深入学习一个专业，你不知道自己是否真的喜欢它；不真正深入一个工作，你可能不会知道自己真正的兴趣在哪里。

别害怕那些过去的努力都变成荒芜的沉没成本，即使荒芜，它们也终将积累出我们短暂人生的无穷厚度。更何况，命运总会褒奖勇敢又真挚的人。

如果下定决心要走出“围城”，尽可以向着自己梦寐以求的“别处的生活”狂奔而去。可能你会从头开始，可能你会风雨兼程，但你熬到深夜的眼睛却闪闪发亮，你挥向世界的剑锋锐不可当。

请你温柔但有力量，谦卑但又自信，恭敬而又勤勉。
我们路上见。

若你和曾经的我
一样自卑

这个世界上总有解决问题的方法。觉得胖就减肥，身体弱就锻炼，写不好文章就多写。也许经过一万种尝试之后，你和我一样仍然有些微的自卑。但至少，我们终于能够坦诚又宽容地爱这个不完美、有些胆小却总在进步的自己。

致那些和曾经的我一样自卑的你。

作为一个鲜在社交网站上发布照片的人，我曾经深刻地反省，根本原因是不是因为我如今仍然自卑。这也正常，长相差强人意，身材马马虎虎，总有一些自卑的理由。

有时候看偶像剧，看别人的高中生活都风生水起、热烈恣意，我的心底常常愤恨难平。因为纵观我的青春期，简直可以用“灾难”二字来形容。

那时候我是个小胖子，经常因此而受到朋友们的调侃。比如我站在窗前忧郁地说：“学习太累，真想跳下去一死了之。”朋友立马接一句：“别，别把地球砸穿。”

胖意味着我很难买到合适的衣服，你永远不能指望一个常年穿深色运动服的女生能好看到哪里去。

胖不说，我还经常生病，一个月里总有好几天的时间要吃药甚至打针。生病带来的不适给了我一种很消极的暗示，即使窗外的阳光再好也觉得心头昏暗。

所以我不仅羡慕那些花枝招展、袅袅婷婷的艺术班的女孩，我甚至羡慕一个从不生病、走路矫健的女同学，她看起来永远那么活力满满。

除此之外，我还不会唱歌，不会跳舞，不会任何乐器，几乎没有任何特长。所有属于青春少女的光芒，一到我这里就变成了一派黯淡。

这样那样的原因让我无比自卑。每次语文老师让同学们上台朗读时，就是我最恐慌的时间。

即使不脱稿，我也能感觉到自己在不停地打哆嗦。台下几十双眼睛，每一道目光都像探测灯，让我的紧张和心虚一览无余。

上了大学之后，我参加各种活动，慢慢地克服了自卑，但这却是被逼的。那时候我们班有个认真负责、积极踊跃的团支书，一心为班级的荣誉着想，但凡有什么比赛、竞赛，她总在不打招呼的情况下给我们报上名，以此来逼迫行为散漫的我们去参加比赛。

所以我“被加入”了长跑队，“被报名”了朗诵比赛、演讲比赛，甚至被迫参加了我最害怕的数学竞赛。每次我要打退堂鼓的时候，她都严肃地批评加温柔地鼓励，硬生生地将我推上战场。

终于有一天，我发现自己站在台上时不再紧张害怕，即使即兴演讲也能游刃有余。当然，我也不是一天就变成这样的。

每逢比赛，我先是一遍一遍地背诵演讲稿，这样，就算再紧张我也能凭借记忆里的惯性连贯地顺下来。后来我到越来越多的人面前演讲，听她们给我提意见，然后一点一点地对着镜子练习、改正，终于我也变成了一个有台风的人。

从那之后，我终于知道，许多人并非天生能侃侃而谈的，他们和你我一样，在人后练习了无数遍，才终于得以侃侃而谈。

我也不知道自己是在哪一刻战胜自卑的，但一路走来，我觉得真正的成长是一个让自己越来越有底气的过程。

这种底气，有时候不仅仅在于考多高的分数、拿多好的offer，而在于积淀了多少足以让自己不忧不惧的东西。

在克服自卑的路上，我不过是用了最笨拙的三个方法——学习、读书、思考。

即使现在告别学校开始工作，学习仍然是最能带给我底气的方法。

掌握一项新的技能，考过一门含金量高的资格证书，在工作中不断地积累行业经验，这种学习当真是“逆水行舟，不进则退”的。

学习或许不能立竿见影地为你带来一份高薪的工作，但至少给了你找到高薪工作的可能性，也顺带着给了你用高薪工作来证明自我价值的可能性。

有人觉得读名著没有用，读心灵鸡汤更有立竿见影的效果。可我总觉得，也许一篇心灵鸡汤能让你在一瞬间燃烧起了斗志，可很难指望它去拯救一颗卑微的心。

反倒是那些流传了数百年的名著，那些隐藏在字里行间的真挚、善良与美好，足以让你在暗自哭泣时，因为一个遥远的、未曾谋面的、惺惺相惜的人也曾走过相似的痛苦而心存余温。

我想起自己在情绪波动、忧郁绝望时度过的日子，是那些书拯救了我。

那些伟大的、踽踽独行的灵魂，甚至那些充满力量的只言片语，成了我最好的止痛药。

读书也总是能够让人产生一种错觉——一个人一生的悲欢离合在五六百页的书中便可尽述，而你以造物主的姿态俯瞰万物时，眼下的痛苦不过是漫长人生河流中一朵最微不足道的浪花。

忘了是哪个哲人说过："思考是人与人之间最后的区别尺度"。

在这个信息爆炸的时代，越来越多的人沉迷于微博上的搞笑动态图和段子，沉迷于一遍遍地刷新朋友圈查看他人的最新动态，却鲜少有人愿意在人潮拥挤的嘈杂生活里像古人一样"吾日三省吾身"。
可思考如此重要，它几乎是最深刻的成长方式。他人走过的路只是参照，从自己的跌倒中思考为何会跌倒才能让自己走得更加顺遂。

曾有人发邮件问我："你是如何变得这么内心强大的？"我回复了简单的一段话："受伤，但不让每一场伤痛白挨，反复思索，一点一点地积累经验和教训，并努力将他们变成要义。看书，读史，相信时间的魔力，由此确信此刻自己的微弱痛苦之于一整个曼妙人生不过是瞬间。聊天，体会他人的生活，借鉴他人的经验，思索自己的人生，由此让自己的精神生活越来越丰厚。"
我当然不是天生就内心强大，不过是在一路走来的过程中，总结了这些所谓的要义。

这年头，大家都依赖“鸡汤”甚至“鸡血”，殊不知，真正给人带来自信的绝非仅仅“鸡血”。

工作之后，经常要向领导汇报工作、发表感言。最开始，一看到台下一群西装革履、严肃无比的领导也会紧张，后来的解决方法倒不是上台前给自己拼命打“鸡血”，而是在台下认真地查阅资料，一遍遍地修改工作总结，再往前推——也不过是将工作做得更好而已。

如此才有了些底气，去坦然面对台下那一双双炯炯有神的眼睛，从容应对他们的各种问题和质疑。

所以，克服自卑、懦弱和紧张的方法，不过是通过自己对自己的磨炼，变成一个更好的自己，变成一个让人心悦诚服的自己。

这个世界上总有解决问题的方法。觉得胖就减肥，身体弱就锻炼，写不好文章就多写。也许经过一万种尝试之后，你和我一样仍然有些微的自卑。但至少，我们终于能够坦诚又宽容地爱这个不完美、有些胆小却总在进步的自己。

没时间
是最无力的借口

I BELIEVE

人人都在歌颂青春，可我觉得青春很残酷。因为在那么年轻的年纪里，世界上一切新鲜、好玩、有趣的东西都在引诱着我们蠢蠢欲动、缴械投降。要想有所收获，不知要用多大的决心克制自己。有时候要对自己足够狠，才能往前走一小步。

我有个朋友常常感叹迷茫，不知道该怎么发展自己的兴趣爱好。知道她喜欢摄影和美食之后，我鼓励她将精心做好的美食拍出来，放到博客或微博上。

但她迟迟未动，总是说没时间。可是要想有所收获，有所成就，哪一件事情不耗费时间呢？

我在豆瓣上关注了一个同样热爱摄影和美食的女生。她很喜欢做饭，一开始建了个相册，上传每天的早餐。

照片里餐具复古，甜点精致，水果色彩艳丽，看起来赏心悦目。在恰当的光影和角度下，照片又文艺又清新。

后来，她的相册得到了很多人的关注。早餐系列结束之后，她又发布了其他主题与风格的摄影作品。

现在，她出版了一本书，在摄影方面也已经小有成就。而我的那位朋友，却依旧在感叹、迷茫中反复纠结。

旁人只见一个小说家在键盘上指尖翻飞，下笔如有神，却不知他用了多长的时间去收集资料；为了酝酿起承转合、人物设置，又度过了多少沉默时光。

日本女作家吉本芭娜娜非常高产，出版了约四十本小说和近三十本随笔集。《鲤》杂志曾经采访她：“很多人说有了小孩就没有自己的时间了，您现在有了小孩，是如何确保写作时间的呢？”吉本芭娜娜说：“确实没有时间，所以我一直在‘拼命’。为了争取写作时间，每天我都是在奔跑的感觉。最厉害的时候，自己太忙了，连吃饭都站着吃。”

我看到这段采访后深受触动，因为这种连吃饭都站着吃的状态，让经常感慨时间不够、写不完杂志约稿的我感到羞愧。

而获得2013年诺贝尔文学奖的女作家爱丽丝·门罗也是家庭主妇，同样也是在繁忙的家务劳动的间隙坚持写作。
她说：“我二十岁时就开始写作。那时我已结婚，有了孩子，要做家务。我忙里偷闲，趁孩子睡了，菜也烧完时，赶紧写上一句半句。终于，我在三十七岁时出版了自己的首部短篇小说集。人只要能控制自己的生活，就总能找到时间。”

没时间是最无力的借口，因为每个人的时间都是公平的。之所以感慨没时间，不过是因为其他事情占用或浪费了时间。
如果真的热爱，你一定舍得少睡一个小时，用来读书写字；如果真的想要考取证书，你也一定舍得全力以赴地做题、背书。没时间或许只是因为你不愿意舍弃休闲的时间而已。

人人都在歌颂青春，可我觉得青春很残酷。因为在那么年轻的年纪里，世界上一切新鲜、好玩、有趣的东西都在引诱着我们蠢蠢欲动、缴械投降。要想有所收获，不知要用多大的决心克制自己。有时候要对自己足够狠，才能往前走一小步。

就像财经作家吴晓波说的：“每一件与众不同的绝世好东西，其实都是以无比寂寞的勤奋为前提的，要么是血，要么是汗，要么是大把大把的曼妙青春好时光。”

可青春又很美好，因为年轻是最大的资本。通宵后，第二天还能活蹦乱跳；犯了小错误也会被人原谅；即使走了弯路，也还有时间和机会改正。更何况，你流过的泪与汗那么闪亮灼目，都是外人眼中不可多得的风景。

年轻时的倾力付出和对自己的投资，都有一个从量变到质变的过程。现在每走一步留下的脚印，都会成为日后实现人生飞跃的跳板。

这些年人们都说“再不疯狂就老了”，可我理解的疯狂不是辞职后说走就走的旅行，更不是那句看似不无道理的质问：“你不约会不谈恋爱，不出去玩不喝酒不逛街，不疯不闹不叛逆，不追星不暗恋不表白，不聚会不K歌不撒野，因为你要学习，请问你的青春被狗吃了么？”

我理解的疯狂是敢于做别人不敢做的梦，付出别人不屑于付出的努力。就像Levi's新一季的广告语：“我要做别人热爱也有能力却坚持不下来的事情。”

你若坚持，定会发光。因为时间是所向披靡的武器，它能集腋成裘，也能聚沙成塔，将人生所有的不可能都变成可能。

一定是那些艰难的时刻
成就了我们

I BELIEVE

但仍然感谢青春里那些艰难的时刻，那些异乡的漂泊，那些在暗夜里一边跟自己说着加油，一边往前走的日子。一定是它们成就了今天的我们。让我们能有足够坚硬的躯壳，去捍卫那些不可磨灭的柔软与美好；也有足够温暖的初心，去拥抱那些终将到来的慈悲和懂得。

朋友问我最近一次哭是什么时候。我想了一下，能想起来的有两次。

一次是中秋假期结束后回青岛，火车一路晚点，原本八点就该抵达却硬生生地拖到了十点半。行李太多太重却打不上车，又找不到直达家门口的公交车，荒芜的夜色里走了很久才上了另一辆公交车，下车后还要走半个小时才能到家。

小路上空无一人，手掌被勒得生疼，满身汗水。两只手都提着东西，以至于天空突降骤雨时，根本腾不出手来打伞。

爸爸发短信问我到了没有，我停下来回短信："早就到了，都吃过晚饭啦。"

租的房子在五楼，楼道里的灯忽明忽灭。躺在自己熟悉的床上之后，我才终于放声大哭起来——为这一程黑漆漆的长路，为那一路上奔波的狼狈和委屈。

在放声大哭的那几分钟里，我竟放下了那些自己心里一直纠结的爱而不得的人和事，无声地对自己说："从这一秒开始，我要好好爱自己，才能对得起独自一人时的颠沛流离。"那些从前我固执地为之付出却一无所获的东西，且让它们都随风吧。

另一次就在上周末。截稿日临近，因为要出差一周，只好将需要修改的稿件存进U盘里，准备在出差期间抽时间修改。

那一周我的工作突飞猛进，不仅完成了旧稿件的修改，还写了一万多字的新文章。

周末出差结束回家，还没来得及将U盘里的内容复制到电脑上，结果在逛街回家之后绝望地发现，U盘和零钱包一起不翼而飞了！

我沿途寻找，当确定丢失的U盘再也找不回来时，我坐在路边的椅子上痛哭流涕，丝毫不顾自己的形象。可哭过之后，还是要回家的。我冲了个热水澡，然后，凭着模糊的记忆将那一万多字重新写了出来。

我们都曾将最柔软缱绻的内心，交给最动荡不安的未来。它晴天里一个雷霆，你能听到心底的某个部分被“滋啦”一声烧焦了一块；它一阵疾风骤雨，心底便有一团跳跃的火焰瞬间被浇熄；一盏灯灭，心情便随之暗淡下去。

我反问这个朋友最近一次哭的经历，她说起了好几年前的一件往事。

那时她刚参加工作没多久，因业绩突出被破格晋升，没想到此前自己一直视作好朋友的同事却愤愤不平。有一次开会，她像往常一样坐在了那个同事身边。还没坐稳，只见同事狠狠地将文件摔在桌子上，然后换到了别的位置。周围其他同事诧异地看过来，笑容僵在了她的脸上。
她不生气，只是伤心地哭了。当年自己新入职时，手把手教自己用公司软件的，和会议室里这个当众给她难堪、暗地里冷嘲热讽的，是一个人。

好几年后，她跳槽去了更大的公司，偶尔路过以前的公司，还能看见那个同事的身影。她仍然在做原来的工作，忙碌、得体地笑着，好像和数年前的样子并无二致。

朋友屏了口气又深深地呼出去："往事皆已飘散，而人呐，总要往前走。"

大学毕业前夕，我、H还有班里另一个女生在宿舍里聊天。我当时还没有实习过，一直听那个女生讲述实习时的种种艰辛，听得我都为她感觉不值。后来她走了，我跟H说："你看她工作好辛苦。"

H淡淡地笑了笑："谁没有过一段辛苦的时光？"

她大三的暑期在广东的一家服装公司实习，刚入职时正好赶上盛夏，广东的夏天又热又闷，实习的那三周，她都在密不通风的仓库里整理库存。

毕业之后她换了工作，去了北京的一家地产公司。

当时我发短信问她："工作怎么样啊，生活还习惯吗？"她说都挺好。可我经常是凌晨才收到她回的短信，还见过她拍的幽暗的地下室照片。

那些在陌生的城市里、在漆黑的深夜中颠沛流离的经历总能悄无声息地改变我们。

你发现自己的内心开始变得坚硬与残酷，柔软的部分越来越少。或许正是因为柔软越来越少，我们才想要拼尽全力去捍卫那一丁点儿的温情与不舍。而那些无谓的人和事，再也不想去等，再也不想燃尽一腔热血去换一盏冷饭残羹。

我们总能学会一个人修马桶，颤颤巍巍地攀到架子上换灯泡，应酬之后还能忍着头晕与反胃为自己倒一杯酸奶解酒。

但仍然感谢青春里那些艰难的时刻，那些异乡的漂泊，那些在暗夜里一边跟自己说着加油，一边往前走的日子。一定是它们成就了今天的我们。让我们能有足够坚硬的躯壳，去捍卫那些不可磨灭的柔软与美好；也有足够温暖的初心，去拥抱那些终将到来的慈悲和懂得。

在那些最艰难的时刻，我只是一直走着，等那些如漫山遍野萤火一般的星光重新闪亮。

I BELIEVE

永远年轻，永远热泪盈眶

我知道，隔着山隔着海，甚至隔着一整片大陆的我们，仍然在为彼此寄予最深的牵挂和祝福。纵然那留在社交网络和手机短信里的，只是最简单的三言两语，却从不妨碍我们在寒冬里身心俱暖，在深夜里熨帖了灵魂，在漫长的人生路途中，感觉从未失去肝胆相照的旅伴。

去年的六月回大学母校，来回都恰好坐在火车的最后一节车厢。静静地看着蜿蜒的铁轨伸向远方。初夏雨后空气凉薄，张开手臂笼了满袖的风。

那风景像极了任何一部青春电影。让人不免想起《观音山》里范冰冰、陈柏霖眼神桀骜地走在铁轨旁，身后的远山配着粗犷的摇滚乐，和恋人们难以言说的情愫混在一起，炫目得难忘。

后来看《壁花少年》，少男少女在音乐声中将头探出车窗，风声呼啸。艾玛眼角余光飞扬，罗根眯着眼任发丝凌乱。顿觉年少时最澄澈的爱与情谊也不过如此。

难怪小说家杜鲁门·卡波特会说："去想想无关紧要的事情，去想想风。"

耳边风响，或轻柔或躁动，每一根扬起的发丝都唱着动荡不安的青春。

母校一如既往的沉静，也让阔别两年的我惊喜连连。我走在那条曾经走了无数次的小路，路边白色的栅栏上缠绕着不知名的藤蔓，暮色四合，建筑物隐在朦胧的光中。

我的母校，它依然像一个温柔又孤独的小星球，有一草一木，还有山川河流。

后来时光走远了，我回到原地看向自己，才知道有些记忆是怎么也忘不掉的：周末的自习室里，人寥寥无几；坐在图书馆里抬眼望去，就是夕阳映照湖面的粼粼波光；宿舍楼下的法国梧桐遮天蔽日；而夜晚的操场永远如正午的食堂般熙熙攘攘。

那时候，食堂的饭不好吃；上课无聊得要命；出门逛街要走到遥远的公交站，然后还要转车数次；考研时，教室里的灯光似乎都因沉重不堪的专业书籍变得灰暗无比。

然而这一切都不妨碍我一毕业就在午夜梦回时胸口刺痛，在黑暗中睁着眼把四年的记忆翻新整理；也不妨碍我在毕业一年之后重回它身边时，看着眼前的风景似曾相识，但却像梦游时突然惊醒般五味杂陈；更不妨碍我们每个人一提起它，就是深沉的挂念和细腻的哀愁。

难怪白岩松说，人们声称最美好的岁月其实都是最痛苦的，只是事后回忆起来的时候才那么幸福。

不管是痛苦还是幸福，那些细碎的日子、复杂的情愫和所有惊鸿掠影，都早已植入我们的血脉，变成通透灵魂里又厚又重的一部分，朱砂痣般难以消磨。

以前从未想过“母校”二字的内涵，如今一看到便没来由地心酸。这世间千千万万的母校，静默地守在原地迎来送往，且等光阴为她染一头寒霜，却不知多少已经离开她的孩子都在心底默默地思念。

那些恣意昂扬的青春，是因为有她见证的每一次悲欢离合、每一滴喜怒哀乐，才被赋予了意义。

离开她之后，和回忆劈面相遇时总是感慨万千。因为在回忆里，总要和过去的自己打个照面；总要回顾熟悉的草木和闭着眼都能勾勒出的风景；

总要想想飘逝的梦想、老去的心境和分别已久的旧友；总是忍不住把眼前的现实和过去的愿景对照，看看究竟是什么在它们之间凿出了巨大的沟壑，又该怎么去拼尽全力弥补。

那时年少的我们，挥霍了多少韶光，以至于重看她的厚重历史和风华样貌时常常羞赧万分，深觉负了她延续四年的厚爱。

如今，仍想借用毕业前夕写的话来向她致意，也致所有怀念着母校的孩子：我们自始至终都要相信，最好的时光，尚未到来。

回望那年毕业季，多少人悔不该当初，多少人心怀憧憬，多少人念着醉笑陪伊三万场，还是不能不诉离殇。

蔓延在整个人类心绪中的伤悲，大约有一多半是源于对青春往事的恋恋不舍。像叶赛宁的诗句："金黄色的落叶堆满心间，我已经不再是青春少年。"

告别校园，就要收起年少时所有的乖张与放任，做西装革履、言不由衷的成年人，去残酷的世界真枪实弹地打拼。

再没有人陪你通宵达旦地复习期末考试；再没有人和你在足球场上放肆狂奔；再没有人顶着深冬的大风在停车场里准备大合唱；再没有人敞开心扉毫无保留地和你促膝长谈；再没有不计回报地付出、不念前因地原谅和不顾后果地追寻。

两年前的毕业晚会上，播放了一段拍得模模糊糊、镜头左摇右晃的视频。

视频的背景是体育场湛蓝如洗的晴空、热闹的塑胶跑道、挥汗如雨的男孩子们，还有像鸽哨一样嘹亮的乐音，连同四年里深深浅浅的脚印。在视频的最后，我的同学引用了凯鲁亚克在《达摩流浪者》中的名言：“永远年轻，永远热泪盈眶。”

原本整场晚会我都情绪平稳，当这句话响起时，我却突然流了眼泪。

那夜晚风微凉，身前身后是比肩而立的四年同窗。我知道，此刻之后，我们将带着年轻人的赤诚，奔向各自人生的洪荒，四散天涯。

如今，不管我们是在拼命地挤地铁、熬夜写论文还是仍旧在人群中迷茫地挣扎着；也不管我们是不是忘了最初的理想，丢了过去的恋人，疲惫了身心，消磨了一身斗志，以及有没有收获心底里最渴盼的幸福，但我仍然希望我们能在汹涌人群背后安居一隅，在时光洗尽旧颜、理想就地遁形的现世中，永葆一颗年轻的初心。

时隔三年，我改变良多，更加确信那简单的十个字并不那么容易兑现。

杜甫在诗里说“昔别君未婚，儿女忽成行”。想着告别之时，你还是孤身一人，而今我们又复相见，你已儿女绕膝。离别如此不易，一转身便是天涯。世事如河，趟过与趟不过的对望，全是物是人非的讶异与悲凉。那首诗的最后，两人短暂相逢又复告别，杜甫说“明日隔山岳，世事两茫茫”，淡淡的无奈溢于言表。

人终其一生，都在重复着相遇与离开，重逢与告别。每一段成长都带着伤痕，每一场毕业都难逃怯懦。但若知道我们一别永生，想必所有的爱恨情愁都可以淡成云烟了。

想想落英缤纷般的旧事，竟觉得漫漫长夜空洞梦境都尽可填充。

我知道，隔着山隔着海，甚至隔着一整片大陆的我们，仍然在为彼此寄予最深的牵挂和祝福。纵然那留在社交网络和手机短信里的，只是最简单的三言两语，却从不妨碍我们在寒冬里身心俱暖，在深夜里熨帖了灵魂，在漫长的人生路途中，感觉从未失去肝胆相照的旅伴。

海子曾为陌生人许愿：祝你有一个灿烂的前程，祝你有情人终成眷属，祝你在尘世获得幸福。

而告别的那一刻悄然来临的最后，我就只想说八个字：万水千山，遥寄君安。

谨以此文致即将告别的你们，早已告别的他们和终将告别的我们，为这一路的相遇相知，为那些如雨水被泽苍生般弥足珍贵的意重与情深。

记得要永远年轻，永远热泪盈眶。那曾是我们最坚固的盟约啊。

有味的年少
化作星辰

I BELIEVE

于我来说，过去的岁月都化作了记忆里的沟壑。然而每每想起校园，浮现在脑海里的竟不是堆积在课桌上的试卷、书本，也不是操场上奔跑跳跃的身影，而是清甜的桂花香，和烧烤摊上噼里啪啦的火光中升腾出的味道。一个温情如水，另一个浓烈呛鼻，恰好和青春的滋味相契相合。

读大学时初到南方，走在校园的小路上，扑鼻而来的浓郁的桂花香，让我第一次切身地理解了“丹桂飘香”这一成语。
南方市井生活趣味颇多，对食物也热忱，制作工艺精良细致。尤其是用新鲜的桂花做成的各式糕点，更是让人垂涎三尺。

学校处于闹市区，宿舍楼又紧邻校外小路，每天清晨都有老人挑一担桂花糕叫卖。初秋清晨朝霞的玫瑰红刚刚褪尽，辽远的天空湛蓝如洗，桂花糕的香味在清凉的空气里愈发清甜。
宿舍里集合了来自天南海北的姑娘，却无一例外地难逃这桂花香的诱惑。

早晨赖床，手忙脚乱地爬起来，拿着外套向楼梯口飞奔，不一会儿便热闹地围在了桂花糕小摊周围。
老人把温热的桂花糕放进透明的塑料盒子里，再慢悠悠地递给我们。女孩们一边吃一边走向教室，于是一整条路上都飘满了桂花的清香。

和我一起手拿桂花糕奔向教室的女孩，咂一口桂花蜜后相视而笑的女孩，把桂花馅饼分给我一半的女孩，一起陪我度过了青春里最重要的时光。

她们恬静的笑容和温馨的守候，如热烈绽放在九月的桂花一般，让香气盛放在我生命里的每个角落。她们温柔的双手扶持我度过迷茫与焦躁的时光，也熨帖了我在苦闷的青春里赤足寻路的灵魂。
与桂花糕一起镌刻在脑海里的，还有啤酒的泡沫与烧烤的味道。

大学时，课余丰富多彩的社团活动让我们多了很多借口不一的聚会。
夏季的夜晚，白日里肆虐的热气渐渐褪去，清风带来一丝丝清凉。狭小的教室里，伴着电风扇“吱呀吱呀”的声音，会终于开完了。同学们伸个懒腰擦把汗水，总会有人热切地提议：“去吃烧烤吧？”顿时，一呼百应，不一会儿大家便聚集在了学校门口的烧烤摊旁。

啤酒的泡沫肆意地往玻璃杯外冒，羊肉串在烧烤架上“嗞嗞”地唱着歌，各式各样的蔬菜一遇上火热的木炭也生出了不同的味道，清脆的碰杯声此起彼伏。
有人心急被烫到，引得旁人哈哈大笑。有害羞的男生沉默地坐在角落里，立即被心细的朋友热情地拉进烧烤的队伍。

天上云淡，地上风清，烧烤摊周围弥漫着木炭的焦味和烤串的喷香。
女孩们的笑声爽朗大方，男生们变调的歌声引得路人频频侧目。
在那个简陋的烧烤摊上，青春以其最真实的姿态展现。

微醺的夜晚，加上朦胧的月光，现实中的种种桎梏暂时隐去。我们彼此和盘托出心底的梦想。
我仍记得大家卸掉伪装之后的倾心交谈。

同班一个向来沉默寡言的女孩告诉我，总有一天她要走在北欧的天空下，看灰色的鸽群飞过中世纪的古堡。

另外一个外表叛逆的男生在微醉的时候，犹疑地问大家他到底能否成为一名优秀的建筑师。

如今，那些因为分享一块桂花糕就能喜悦半日的姑娘们早已在人海里消散。有的远渡海外，有的嫁人生子。

那些在烧烤摊上举杯划拳的小伙子们，也早已进入更壮阔的人生。他们收起了少年时的乖戾与潇洒，他们在写字楼里中规中矩、步步为营，努力地向金字塔顶攀爬。

于我来说，过去的岁月都化作了记忆里的沟壑。然而每每想起校园，浮现在脑海里的竟不是堆积在课桌上的试卷、书本，也不是操场上奔跑跳跃的身影，而是清甜的桂花香，和烧烤摊上噼里啪啦的火光中升腾出的味道。一个温情如水，另一个浓烈呛鼻，恰好和青春的滋味相契相合。

多么庆幸，那些与食物有关的青春，都化作了记忆长河里流淌的星辰。

再不梦想青春就老了

㈢

我们一无所有，
我们拥有一切

I BELIEVE

我们一无所有，可前路那么长，又那么远，我们好像能拥有一切。

我的生活注定无法安守一处。千山万水，长风浩荡，陌生的一切永远在心底鼓动着我，下车又上路，靠岸又起航，小憩后屡次重新开始，记忆未曾清零，身躯却似初生般焕然一新。

七年前的初秋，坐火车去大学报到。拥挤不堪的车厢，睡眼惺忪的乘客，我牢牢地抱紧双肩包，心情像待航的帆船，兴奋又忐忑。

那时还没有动车与高铁，绿皮火车不是老照片里的回忆，而是我们长途出行的日常。从那辆夏天里没有空调、车窗可以打开透风的绿皮火车开始，我之后的人生走上了一场又一场的远行。

日记本的扉页上，抄写着安妮宝贝在《彼岸花》中所作的一段序言。
她告别生活了数年的上海，前往北京，在虹桥机场俯身看整个城市的灯火，然后写下这样的句子："上海，这个华丽庞大的城市，在夜色中就像一艘空荡荡的船。我对这个城市的倾诉已经完成，所以要告别……那一刻，因为生活拥有的能够不断重新开始的可能性，因为心中始终贯彻着的一往无前，我热泪盈眶。"

之后的七年间，求学、工作，辗转数地，也曾因为各种原因，在几个陌生的城市短暂小住。
每一次的出发都被寄予了厚望，每一次的告别都不无伤感，但陌生的道路和风景仍然蛊惑着我矢志不渝地前去探索。

大学时，我经常乘坐一趟前往北京的夜间火车。深夜，不敢独自一人站在偏僻的学校门口打车，总是提前几个小时坐末班公交车去火车站。夜半异常空旷的候车大厅里，寥寥无几的乘客在倒头昏睡，我却从未如此清醒。那时候，有一多半的时间都处在成长的迷茫中，不知该去向何处，不知前程几何。

火车上，在工作人员单调的报站声中哗啦哗啦地翻书，很多字句在脑海里左右冲撞，燃烧着的总是些相似的词汇——一往无前、义无反顾……

第二天清晨下车之后，我用最快的速度从北京南站换乘地铁，一路小跑着赶往金融街。看着那些在写字楼里进进出出的人，并不确定不久的将来，自己是否要成为和他们一样的人。

求职季里前后奔忙，循着最新的招聘信息，乘坐火车前往各地。查看陌生企业的简介，揣度那些没有温度的岗位名称是否能点亮自己想要的未来，一步一步，靠近梦境里的光。

后来，我才发现，自己一直保持着热血。那些心里燃烧着的火苗，时大时小，却从未熄灭。也许有一些词汇是专属于青春的，除了“一往无前”“义无反顾”，还有“孤独”。

孤独早已是我生活中的一部分，如柴米油盐，如一蔬一饭。我没有厌弃过它，它也未曾为难过我。

其实，和大多数年轻女孩相比，我是一个即使孤独也颇能怡然自得的人。一个人的时候，能为自己找到很多有意思的事情。

我经常边听音乐边看一本小说，手边泡一杯温热的红茶，茶香恰到好处地契合了小说曲折的情节。或者，趁黄昏在熟悉的街道上散步，到路边新开的小店等热气腾腾的面包出炉。

在学校里，有时候一整天身边都人声鼎沸，但我总要找到独处的时光，即便那独处很短暂，只是在走廊尽头无人的地方小站一会儿。

短暂的独处，让我得以躲避嘈杂的人群，暂时清空疲惫与烦闷，与真实的内心相遇，让某种意义上的精神通道涌入清风。

我一直相信，一个无法从容面对孤独的人，会因为焦躁而失去自我。我们不能时时仰仗和依赖他人。所以，我常常在那短暂的独处时刻里，默默地为自己倾注能量。我一早便知道，与其像飞蛾般莽撞地扑向未知的灯光，还不如自己点燃篝火，约三两好友，围炉歌唱。

只是在孤身远走的路途上，孤独被无限地放大。那些从未抵达过的城市，远不如明信片上看上去那么温文尔雅。它常常用冷风骤雨考验你单薄的身躯，又用冷漠的面容冰凉你热切的盼望。

在陌生的地铁站里，难以抑制想要放声大哭的欲望。我憋一股劲儿，一路冲出人来人往的拥挤，闯进一家便利店，选一个最熟悉的食物，让那习惯的味道，从口腔源源不断地流向心肺。

年轻时，脆弱的时刻那么多，最不该沉溺于自艾自怜的情绪中。每当脆弱时，我就告诉自己："再撑一下。"过后发现，在不知不觉中自己竟撑了那么久，又走了那么远。写日记、听音乐、偶遇一场绚烂的夕阳，那些不大不小的美好，都是成长中的慰藉，值得珍藏与歌颂，直到那些曾打败自己、刺伤自己的陌生，都变成我们熟悉的一切。

最孤独时，我和很多人一样在心底里默念那几个字："一个人要像一支队伍。"是的，躯体上我是孤军奋战，在灵魂深处却是千军万马。
孤独并不可怕。我孤身一人，但势不可当。

北岛曾在《蓝房子》中提到他最喜爱的秘鲁诗人Cesar Vallejo的一句诗："我一无所有地漂泊。"我在一趟疾驰的高铁上看到这几个字，将它牢牢地记在心底。

少年时，守在一座小城，母亲常带我登上山冈，看一轮遥远而浑黄的落日。山垭的风吹过耳边，她轻轻地对我说："你要去远方看看。"那样简单的几个字，落在我年少的心里，却是掷地有声的。

那时我便知道，我的生活注定了无法安守一处。千山万水，长风浩荡，陌生的一切永远在心底鼓动着我，下车又上路，靠岸又起航，小憩后屡次重新开始，记忆未曾清零，身躯却似初生般焕然一新。

E.B.怀特在《非凡岁月》里怀念自己年轻时穿越白令海峡去往北极的一场远行，他说："每个人在他人生的发轫之初，总有一段时光，没有什么可留恋，只有抑制不住的梦想，没有什么可凭仗，只有他的好身体，没有什么地方可去，只想到处流浪。"

我们一无所有，可前路那么长，又那么远，我们好像能拥有一切。
八千里路云和月，一起走吗？

年轻
不设限

I BELIEVE

世界变得太快，别人都在一路飞奔，如果只有你止步不前，为自己找各种借口和理由逃避学习和积累，你不仅会被同龄人甩在身后，更会有大批大批的后来居上者超越你。那时候再后悔，就真的晚了。

我最大的正能量源泉是一个肤白貌美的勤奋姑娘。她就读于北京某高校，两年制的金融学硕士，现在已经毕业，在某银行北京分行上班。

在研一的这一年间，她做了如下事情：（1）专业排名前3%，就连最让我头痛的高级微观经济学和高级计量经济学，她都考了90+，其中一门甚至是95+；（2）考过了CFA(特许金融分析师)的一级和二级，考过了CPA(注册会计师)的五门；（3）学习之余她还从从容容地实习着，两家公司都是全国排名靠前的券商。

去年冬天，在十分严峻的就业形势下，她也不免磕磕绊绊，在家乡的省会城市拿到了一个相对较好的offer（聘用信）之后，家人难免劝她："回来罢了，何必强留北京。"

可她悄悄地跟朋友说："我不是非得留在北京不可，但是我在北京读研这一年多的收获，比我大学四年收获的都多，有时想想甚至比我前面二十几年的收获都多。这种成长的充盈感，让我舍不得放弃。"

如今她已经入职。刚刚工作时偶尔跟朋友絮叨，自己被分配到了某个不大景气的支行当柜员，疲惫到一开家门就要睡倒在床上。

我眯着眼睛，想她考研时每天早晨6点准时起床，雷打不动枯坐12个小时的侧影，想她如今白衫西服正襟危坐地收过一沓钞票，再熟练地操作。

我觉得即便如她所说，那是一个不大景气的支行，我也仿佛看到她的未来，一定是光芒万丈。
看到这里，连我都误以为这是一个学霸故事。

不过我上高中的妹妹立马跟我说：“我们学校今年的高考状元，以723分的总分荣膺省榜眼，居然对自己的成绩各种不满，分数出来没几天就回学校上自习学英语了……这才叫学霸，好不好！”

所以，我讲的并不是一个学霸的故事。因为这个世界上永远有人比你用更短的时间复习，考出更高的分数。我只是想说，在相同的成长环境中，总有人因为清醒自知而走得更快更远。
可能在更优秀的人眼中，她取得的成绩简直是手到擒来。他们甚至不用视死如归地考试，便能顺利保研到名校，也不用拼尽全力地准备，便能拿到让众人羡慕嫉妒恨的offer（聘用信）。
而她却并非如此。在大学的四年里，我们在同一间教室里，听同样的课写同样的作业，发同样的牢骚做同样的试题。

但大学毕业三年后的今天，我已经被她远远地甩在了身后，甚至只能看到前面尘土飞扬，连人影都找寻不见了。那一片尘土背后，绝不仅仅是知识的匮乏和欠缺，我缺失的，还有迎难而上的勇气和挑战自我的追求。

以前不知道是因为天生的惰性，还是对挫败的恐惧，我习惯了给自己设各种各样的人生界限：譬如，我就是不懂会计的记账思维，我就是不会期货市场上复杂的操作，我就是听不懂计量经济学……

甚至，越长大我越学会了逃避，遇到不会的问题时，总是用“反正以后也不会从事这个工作”，或者“反正写论文也用不到那些理论推导”来安慰自己，找了名目繁多的理由避开那些知识体系里的硬伤。

我也不知道未来的生活和工作中，会不会因为现在的懒惰和逃避栽跟头，但是现在，我总算明白了，即使不栽跟头，我也跟别人差了太多太多。

世界变得太快，别人都在一路飞奔，如果只有你止步不前，为自己找各种借口和理由逃避学习和积累，你不仅会被同龄人甩在身后，更会有大批大批的后来居上者超越你。那时候再后悔，就真的晚了。

大一时，我最敬重的一位老师曾经说：“你们这个年龄的年轻人，都可以被看作一棵成长中的树。如今对于你们来说，至关重要的不是关注树枝有多茂盛，而是如何把根扎得更深。因为，只有根扎得更深更牢固，这棵树才能更加挺拔茂盛。”

那时候听不进去，觉得这道理谁不懂呢？其实，就是这个最简单的道理，六七年之后的今天我才明白。

我想老师话语中隐含的意思是：年轻时决不能为自己设限，当竭尽全力汲取知识，尽其所能尝试新事物与新体验，一点一滴地积累生而为人的经验与教训。唯有如此，才能扎下牢固和坚实的根基，吸收养分，挺拔成长。

可回头看自己脆弱的根须和营养不良的枝干，只觉得辜负了当年老师的殷切教诲。

上个月，我关注的一个公众微信号召集了一个活动，叫作“未来30天，每天都有新改变”，其中列举了很多个可以做出改变的事情，作为一个经常抱怨、满腹牢骚的人，我挑选了“每天不抱怨”这件小事。

一个月过去了，我惊讶地发现自己不仅保持了每天顺畅平静的心情，摆脱了经常困扰自己的焦虑，更为重要的是，对整个人生和未来的态度都变得积极了起来。

以前从未认真思考过自己经常抱怨、满腹牢骚的缺点带来的破坏性影响，现在才觉得，也许生活中的焦虑、易于放弃、不自信等所有的负面情绪都源于此。

我不仅仅是在知识结构和学习上给自己设限，生活中我也给自己处处设限。比如，因为自己的身体比较僵硬，大学第一次上瑜伽课时，很多简单的动作我都做不了，但当时的瑜伽教练误以为我不愿意认真做，很严厉地训斥我：“你就不能认真地完成一个动作么？！”直到现在，我都记得当时的难堪和尴尬，于是，不愿意再学瑜伽。别人一问起，我总自暴自弃地说：“我就是那种僵硬的身体，我就是做不了瑜伽。”

其实认真想想，当时，瑜伽教练可能只是随口说出的一句话，却让我耿耿于怀了好几年，就这样错过了通过瑜伽来改变自己身体素质的机会。一个朋友凌厉地说："别瞎叨叨了，你有一颗碎了一地的玻璃心！"如今，我不再以身体僵硬为借口拒绝练习瑜伽，也不再以身材不好为借口拒绝学习游泳，不再以麻烦没时间为借口拒绝在出门前化个淡妆，也不再以太远了、天气不好为借口拒绝计划一场旅行。

以前总说一句话，"青春如此宝贵，好像怎么度过都是浪费"。大好的青春时光，不知是要泡在图书馆、自习室里，还是要去旅行，去看波澜壮阔的世界。学霸们仍然被众人敬仰，辞职、休学去旅行的人也宣扬着他们的价值观。大多数的我们仍然迷茫，对安身立命的方式心存怀疑。于是才有了不断地探索，不断地推翻，以最终找到自己的道路。

我也不知道未来的路该如何走，或者究竟怎样活着才是不会后悔的正确的一生，我只是想，不断地去尝试生活中的新事物，不轻易放弃，不轻易say no（说不），保持一颗好奇心，将生活过得越来越丰盛，将狭窄的人生越走越宽。

抛弃那些"我不行""我不会""我做不来"的精神细菌，去更广阔的世界里摸爬滚打吧！

梦想不是一个目标，而是一种气质

I BELIEVE

多少年以后，日影飞移，时光倏忽而逝，关于这个最年轻却最困惑的年纪，关于所有对未来模糊却新鲜的期待，以及永远不会褪色的回忆，一定会迎面遇上已经纵身于世事洪流中的你。

上高二的妹妹又大哭了一场，因为期末考试她在班里的名次下降了近十名。

之后的整个暑假她都在痛苦中度过——虽然表面上，她在按部就班地上辅导班、写作业，看一本又一本的参考书，但我知道她心底里的慌张与惶恐。

因为我也是从高中的一场又一场的考试中走过来的。纵然时间过去了近十年，但那些日子仍然像在心里生了根，偶尔一场雨后，它们还会探头探脑地冒出来，扰乱我的心绪。

电影《简·奥斯汀书会》里有一个纤瘦、脆弱的法语教师。在母亲的葬礼上，她看见丈夫和自己不喜欢的高中女同学相谈甚欢，气愤地质问他：“你为什么要跟她讲话？你明明知道高中时她将我欺负得有多惨！”

她丈夫无奈地说：“拜托！高中都过去多久了！”

她说了一句让我久久难以忘怀的话：“高中永远都不会过去。”

是啊，高中永远都不会过去。

和我相差十岁的妹妹，她一定不知道，高中毕业之后的很长一段时间里，我还经常重复一些相似的梦境。

梦里我满头大汗、气喘吁吁地找考场，脚下通往教学楼的道路却仿佛永无止境，拿着考卷的老师已经到位，突然铃声大作，我却怎么也走不进教学楼；或者是交卷的时间马上就要到了，我还在紧张地涂答题卡，老师的声音高亢刺耳："考试已结束，都放下手里的笔。"可我仍然涂不完最后那几个该死的选择题答案……

她也一定不知道，在我和她同样的年纪里，我的慌张与惶恐比她更甚。
十年前的一个秋天，我在高一的晚自习课间，悄悄地抹去几滴眼泪。抽屉里是一张成绩单。就在最近的那次期末考试中，我考出了一个倒数第六名的成绩。

虽然父母都安慰我，在这个由全市中考排名最靠前的几十个学生组成的重点班里，即使是倒数第六，在年级中也还算佼佼者。但是我却不能这样安慰自己，每次站在周考的名次榜前，心便一下子就沉了下去。

深秋，天一日一日地变凉，学校主干道上凋落的法国梧桐，和我的心情一样萧索落寞。我第一次觉得，从学校门口到教室的距离是如此漫长。

每天吃过晚饭之后，到晚自习之前还有一小段时间，于是我就经常一个人去操场边的泡桐树下坐着发呆。
操场上的不远处，经常有几个艺术班的漂亮女生笑闹着走过，她们深栗色的长发映着微醉的斜阳，而篮球场上男生跳跃投篮的身影带着朝气蓬勃的生气。

我心底里是满满的羡慕，因为即便我的世界是一片昏黄，但总有一些人的青春绽放着玫瑰色的光辉。
也就是在那时，我看到了作家简媜的《荒野之鹰》。

她这样写自己在高中联考前的经历：“某日午睡，梦到自己只考了两百多分，沮丧极了，恐惧这一生就这么成为泡沫。夜晚，虫声四起，前途茫然的孤独感占满内心，在日记上写着，我会去哪里，我会去哪里”。
我看得惊心不已，也在笔记本上写了一句：我会去哪里，我会去哪里。

再后来，文理分科，我选了文科，彻底告别了怎么也学不会的理化生，成绩慢慢地回升，遇见了新的朋友，心里的昏暗也一点点被光照亮。

文科班女生几乎是男生的两倍，彩虹般灼目的衣服配着姑娘们明媚耀眼的笑容，让我再不惊惧从学校门口到教室的路程。
操场角落的泡桐树还在，可傍晚的树下不再是我一个人。盛夏的傍晚，清凉的风拂过，我们一起看简桢的文字，所有席慕蓉的诗都烂熟于心。

在高考压力最大的那段时间里，竟是这些最虚无却温柔的文字悦纳了我们无处安放的困顿。也是它们，像一场大雨，缓解了我们因为高考倒计时牌上不断变小的数字而带来的焦灼。
高考结束的那一天，回到学校拍毕业照，校园里的草木茂盛，窗台下的虞美人是灼热的红，月季有黄有白，青青的叶子上挂着眼泪一样清澈的雨滴。世界仿佛展现出最好的姿态接纳我们，像是最郑重其事的告别，也像是饱含希望的期许。

那天人群散尽之后，我抱着课桌里剩下的一摞书走到操场边的泡桐树下。《荒野之鹰》那几页已经被翻得破旧，但重读仍然深觉内心激荡，为着她说的：“每个人成长的困境不同，但我仍然相信，对生命热爱、对梦想追寻的这份毅力，会引领我们脱离困境。不要轻易认为今天就是末日，因为明天的太阳跟今天不一样。”

如今，十年已过去，我不再是那个在高中教室里不知所措的少年，生活的每一步都开始走得顺遂平坦又有希望。

回首高一那个站在名次榜前万念俱灰的自己，不禁感叹：“幸好，幸好，命运从未辜负我的付出，一番兜兜转转之后，还是让我在恰当的时间找到了最适合自己的路。”

最近的一次假期回家，路过高中学校，本想偷偷溜进去，结果被保安一眼看出没戴校牌，央求了半天，还押上了身份证件，才终于放我进门。

时值周末，人少安静，教学楼前的小花园里有若有若无的花香，月季开得正艳，一截短墙上绽放着绛紫色的蔷薇。两个女生在长廊里坐着，低眉讲悄悄话。

走进教学楼，二楼左拐最后一间教室，门牌上还是高三（13）班。

楼道的墙上贴着期中考试的优秀作文、最近一次考试的成绩单，还有手写板报。教室第一排的角落有一个极用功的女生，头深埋在厚厚的两摞书之间，表情模糊不清。

和十年前竟无二致。

我还记得自己在课桌上贴了张小纸条，胶带下的字迹是橙色荧光笔写的"Never Give Up（永不放弃）"。也记得后座的女生传纸条给我，上面有一段歌词"Some people laugh, And some people cry, And some people live, And some people die（有人微笑，有人哭泣，有人活着，有人死去）"。

十年前，我刚上高一。十年后，我正式踏入工作。年少时对未来模糊的期待变成现实。十年间，不知道是时间改变了我，还是我改变了时间。

站在那个熟悉的教室外，因为等待期末考试成绩而紧张万分的心情，因为多了一天假期而兴高采烈奔回家的脚步，女生们相视一笑那一瞬间的默契都历历在目。十年前那个受困于考试和名次的小姑娘好像又静悄悄地回来了。她跟我说，千万别丢了赤子之心。

所以我想跟马上就要升入高三的妹妹说："秋天已至，你将走上一个没有硝烟的战场，它的惨烈不在于必须有输赢，而在于，只此一次，且无回头路。"

但看着在书桌面前熬到深夜的她，让我感动的是，在现实面前，她仍然存着饱满的希望，这是多么幸运而又甜蜜的事情。

所以你得记着，梦想不是一个目标，而是一种气质。它即便只能是镜花水月，但终究会让你与众不同。

多少年以后，日影飞移，时光倏忽而逝，关于这个最年轻却最困惑的年纪，关于所有对未来模糊却新鲜的期待，以及永远不会褪色的回忆，一定会迎面遇上已经纵身于世事洪流中的你。
在逼仄的办公楼格子间里遇上，在上下班拥挤的人群中遇上，在午后合眼小憩时短暂而稍纵即逝的梦里遇上。

你梦见他们的时候会心一笑，像是和最纯净的初心劈面相遇。那些略微黑暗、时常困顿、快马加鞭奔向明天的日子将被赋予新的意义。它们终于会成为我们共同见证的青春里的一枚最好的勋章。

所以，让我们一起，沿着残酷的经脉，沿着滚烫的泪腺，溯流而上吧。

我知道
你终将闪耀

I BELIEVE

为什么要努力？我想，是因为人生有那么多就算你努力了也无法掌控的东西。比如你寤寐思服的那个人的心，比如父母渐渐老去的容颜，比如时间如流沙一般无可挽回地逝去。所以，对于那些努力了便能扎扎实实握在掌心的东西，为什么不珍惜，为什么不争取呢？

桑雨是她的网名，我们相识于一个叫作“五道口落榜群”的QQ群。五道口是原中国人民银行金融研究院的别称，现为清华大学五道口学院，一度被誉为金融学考研的殿堂。考研成绩出来之后，不知道是谁建了这个群，我们在群里热火朝天地聊天时，都暂时忘记了落榜的痛苦。

后来，我们一起去参加另一个学校的调剂复试，我才见到了现实中的她。她是典型的南方女孩，外表娇弱，声音很轻，但我一直记得她倔强的眼神和一针见血的谈吐，也记得我问她为什么要考五道口时，她只回答了八个字：“犯其至难，图其至远。”

那时候，考上五道口的人里有很多是二战甚至三战。我是第一次考，但她已经是第二年考了，我们俩一样差四分到复试线。想必她也和我一样，听到的多是：“啊，只差一点儿，明年肯定就考上了！”

可就算只差一点儿，我也没有勇气再考一年。她也有些纠结，因为她如果再考一年就是三战了。在这场没有硝烟又孤军奋战的战役中，没人能为你担保明年就能考上，更没人帮你分担那些黑漆漆的夜里，睁大眼睛寻找希望的孤寂，和因为孤注一掷、背水一战而承担的莫大的压力。何况女孩的青春原本就转瞬即逝，为一个学校赌上三年的时光，家人的担忧，朋友的劝阻，连同自己的怀疑都像是一条难以趟过的冰河，步步艰难，不可逾越。

对她二战时独自在校外租房复习时的种种艰难，她说得云淡风轻。我挺佩服她的，不说别的，就每天十四五个小时的复习强度，这已经超越了多少考研人。南方没有暖气的冬天，她独自一人在出租房里抱着热水袋看书做题，那些严寒的夜里，她心里全是温热的希望。

调剂复试之后，我被录取了。百般纠结后，我放弃了为五道口二战的想法，而她，还是毅然回去准备三战。

后来我们没再联系过。我开始了研究生生活，她又翻开了那些数学复习全书、英语单词红宝书和不知看过多少遍的专业课笔记。整整一年里，她的QQ签名一直是阿兰·德波顿的那句话："我们在黑暗中掘地洞之余，一定要努力化眼泪为知识。"

一年的时光呼啸逝去，和已经过去的每一年一样不留痕迹。第二年的春天，朋友发给我一个链接，是五道口的最终录取名单，我一眼就看到她的名字赫然在列。初春的风透过窗子飘进来，让人无法抑制眼里的热泪，为了我所放弃的路途她举步维艰地走到了终点。再艳丽的鲜花和再响亮的掌声都不足以作为对她的奖赏。我想象她一个人趟过寒冷的冰河，遍尝孤独的滋味，在无人给予鼓励时，用内心源源不断的强大力量滋养着自己，终于走到了一个莺飞草长的春天。

多少人在问，用三年的青春换一个梦想的入口，到底值不值，甚至有很多人称呼坚持数年考研的人为"考研病人"。可青春里的呼啸奔跑、颠沛流离，从没有对错和道理，"值得"二字可至轻也可至重，度量全在人心。我只是一早就知道，那个柔弱的她终将闪耀，如日光投射辽阔原野，如流星之于无垠天际。

这段时间整理新书的书稿，那些模糊的往事带着新鲜的潮湿卷土重来，我差点儿都忘了，我也曾为它们写过那么多的字。我觉得，就算走到很远很远的以后，我再也难写出比它们更坦荡赤诚、饱含热泪的文字。因为在我依依不舍地远离校园时，它们所代表的岁月也正一步一步地和我告别。

时光倒回到一年前，我沉默地写着它们时，我在豆瓣还只有一百多个人关注，并没有多少人看到它们。而实习单位却有几百个客户等着我一一拜访，他们都要忍受我在任务的压力下，不厌其烦、口干舌燥的营销。我早已不记得他们的脸，自己开口前的尴尬忐忑，以及那些少数热情、多数冷漠的回应。只记得炙人的暑气下，发烫的公车座椅，酷暑正午餐厅里的小憩，还有因为手里濡湿的汗水而变得皱皱巴巴的产品单页。

实习结束的那一天，我终于得以从西裤换成西瓜红的小热裤，和小伙伴们笑着闹着走在路上。秋意初临，天空变得清朗高远，一大蓬一大蓬软绵绵的云彩让人想要大声跳起来say hi（说你好）。我们都晒黑了，累瘦了，可奔向未来的脚步却铿锵有力。

后来找工作时，我经常拿出它们来看。在北京的深秋，晚高峰拥挤的地铁站里，一条条地翻看招聘通知时；在天津的初冬穿着单薄的西装大衣，难以抵御突如其来的降温和大风时；在上海火车站候车大厅，边候车边看第二天要去面试的企业简介时。那些文字，在后来温暖无数个陌生人之前，首先无数次地温暖了我自己。在我不知何去何从时，它们提醒着我，过去的自己曾有过的勇敢和无畏。那些文字，让跳跃滚烫的初心，在字里行间得以永久封印。

时间倒回到两年前，也是暑假，第一次看到《异类》里的一万小时天才理论，我在愿望清单里写了好多个愿望，其中一个是出版一本书。后来是马不停蹄的实习，和因为要考证总要在自习室里熬至深夜的艰辛。疲累又迷茫的日日夜夜里，我反复叩问、思索，期待着命运给我一次从容选择的机会。十一月独自在宿舍写字，一推窗，白茫茫的一片初雪，仿佛大梦初醒一般让人心中一动。旧事纷纷如飘零落雪，只有想到自己一路的奔跑，一直的成长，才觉得凛凛寒风并不可畏。

时间倒回到四年前，为备战研究生考试，上千人在一个闷热的大教室里听数学课。我从第一排转身向后看，他们的神情竟出乎意料地相似。后来，那样的神情，我在拥挤燥热的企业宣讲会上见过；在水泄不通的招聘现场见过；在新公司入职培训的动员会上见过；在校园里手挽着手，热烈地谈天说地的人群中见过。我才知道，那神情，属于无数个年轻的你和我；属于在一无所有的年华里，对未来最恳切的热望；属于被现实打败之前的无畏青春。

有段时间，网上盛传一篇《为什么要努力》的帖子。也有人问我，为什么要努力？我想，是因为人生有那么多就算你努力了也无法掌控的东西。

比如你寤寐思服的那个人的心，比如父母渐渐老去的容颜，比如时间如流沙一般无可挽回地逝去。所以，对于那些努力了便能扎扎实实握在掌心的东西，为什么不珍惜，为什么不争取呢？

说到底，年轻时所有的你追我赶、冲锋陷阵，不过是为了兑换一段酣畅淋漓、了无遗憾的时光而已。让无数个看似庸碌平凡实则丰饶激荡的灵魂，在陷入回忆时能露出一抹温柔的笑意。

你一定和我一样明白，除了在寒风中裹紧衣服往前走，没有什么别的方法能带我们走向一个温柔明媚的春天。

而我也知道，在被庸碌现实俘虏之前，在被琐碎生活招安之前，你终将闪耀，如日光投射辽阔原野，如流星之于无垠天际。

青春就是
永不再来，永远怀念

I BELIEVE

年少时曾经巴不得青春来得悲壮激烈荡气回肠，头破血流还勇往直前。如今却只希望路途坦荡上天宽恕。后来就只想说，仍将感激命运翻手为云覆手雨，曾赐予我孤注一掷的英雄梦想，又给了我安于柴米油盐朴素生活的勇气。

“青春是什么？

青春就是莫名其妙，就是干傻事，就是爱上不该爱的人。
就是互相嫉妒，只想成为对方，不想变成自己。
就是告别，永不再来，永远怀念。”
偶然在杂志《鲤·偶像》上看到这段话，每一句都深深地击中了我。

由一部电影引领的全民都在“致青春”的时代，每个人都在咀嚼着、诉说着、怀恋着青春的况味。啤酒、游戏巩固起来的兄弟情谊；女神笑靥如花、吐气芬芳，宛若白莲；瓢泼大雨里伴着笑声狂奔的脚步，毕业晚会上带着哽咽的歌声。

以前读凯鲁亚克的《在路上》，他说有一群人“生活狂放不羁，言语热情洋溢，苛求生活，希望拥有一切，对平凡的事物不屑一顾，但他们渴望燃烧，渴望爆炸，像行星撞击一样在爆炸声中发出令人惊叹的蓝光”。如今觉得用这段叙述来描摹青春的特质简直再适合不过。

张爱玲的青春是为了胡兰成“将一颗心低到尘埃里”；萧红的青春是一次又一次的反叛，一次又一次的抗争；胡适的青春则是自美留学归来，站在1917年风雨飘摇的上海码头，满怀信心地宣扬“我们回来了，一切都将不同”。后来命途诘责，亿万普通人想必也是一样，将青春送走，连同心底闪烁的余光。青春已逝，就再也不能更热情，不能更勇敢，不能更固执，不能更义无反顾，不再飞蛾扑火。

几年前奶茶妹妹的成名照爆红网络时，我在大学的课堂上听着不知所云的课程，将照片背景里那一模一样的杂乱课桌、肥大不合身的校服看了又看。仿佛又回到了高考前，躲在书山背后窃窃私语，翻山越岭地传一张小纸条，和同桌相视而笑的一刹那，看到班主任飘忽而过的眼神立马正襟危坐。

刚进大学时做过很多个相似的梦，梦里慌慌张张地找考场，收卷铃声刺耳响起，却怎么也涂不完答题卡。一身是汗地醒来，黑夜中回忆灼灼，好似还在被旧日里的同桌提问历史问题，前排同学猛然起身，课桌吱呀呀地响起来，仍能感觉老师目光如炬……

高中的时候，数着日子，巴望着快点儿离开监狱一样的学校、严厉的老师、数不清的试卷作业、过不完的暗沉黑夜，恨不得一脚踏入梦寐以求的大学，再将高中所有晦暗的记忆彻底格式化。

好不容易进了大学，却用了前两年的时间想念高中，想念单纯整齐、心怀愿景的日子，倨傲的男老师都卸去了令人恐慌的妆容。又用了后两年的时间渴望工作，渴望从充斥着期末考试，英语四、六级考试，考证考研的象牙塔里早日解脱。

如今大学毕业也已数年，再回想起来，那四年简直是最纯净的乌托邦。回忆自动过滤掉了熬夜突击考试时头顶煞白刺眼的灯光，就连拼命挤招聘会、深冬寒风里等待考研考场开门的场景都蒙了一层温暖明媚的色调。

永远在憧憬未来，永远在怀念过去，永远在鄙夷现在。这几乎成为芸芸众生的通病。一如那句被说滥了的话："多少人不知，每一个晦涩难忍的现在，都是你曾倾心渴盼的未来，也必将变成若干年后又一个闪闪发光却回不到的过去。"

青春已逝，就让它留在心底，因追悔莫及而痛失当下才是得不偿失。更何况，不管青春是否还在，只要永葆真挚、热情、勇气、赤子之心，相信再无聊的时光也全都是限量版。

在《致青春》辛夷坞的原著里，大学时代的郑微对陈孝正的感觉是"唯恐爱得不够，唯恐付出得不多，唯恐自己还剩下什么"。她对林静的感觉则是"静默地接纳与承受"。最终她选择了嫁给林静，做一个世俗却温暖的妻子。

若将简单爱情延展至浩荡青春乃至纵深人生，陈孝正恰似英雄梦想，林静则是柴米油盐。
在因为短暂而更显绚烂的青春里，我们都曾为英雄梦想流汗流泪、誓死捍卫、不懈追逐，不管那梦想有多伟大或卑微，有多清晰或渺茫。很多梦想就是因注定终将失去才显得珍贵，很多人就是因为得不到才永远追悔。

最后，我们或许会输给现实。这并非妥协，而是另一种获得。因为人生来贪恋安稳温暖，逝去的梦想、转身的恋人总是在回忆中砂砾般将人硌得生疼，而眼前人的一碗鸡汤就能熨帖胃肠，安抚纷繁的心绪。就像郑微与林静的婚礼如期举办，辛夷坞在原著中写道：“如歌所唱，喜悦出于巧合，眼泪何必固执。”

年少时曾经巴不得青春来得悲壮激烈荡气回肠，头破血流还勇往直前。如今却只希望路途坦荡上天宽恕。后来就只想说，仍将感激命运翻手为云覆手雨，曾赐予我孤注一掷的英雄梦想，又给了我安于柴米油盐朴素生活的勇气。

因为行至今日，我才豁然明白，最紧要的选择并非是要选择一种怎样的生活，而是选择与命运适时地握手言和。

让不朽的逝去，让到来的不朽。
让青春继续神秘，继续莫名其妙，继续只能追忆。
让我邀你喝杯小酒，再唱一遍老歌。

就当一次路过

I BELIEVE

人生是长跑，而非冲刺，不如把一切的失意、寻找、成败都当作一次路过。漫漫长路，不会因为一次路过而一劳永逸，也不会因为一次路过而万劫不复。在如长河一般流淌的岁月中，它们是片段而不是篇章，是音符而不是乐曲。所有的苦痛不过是很多很多年后回忆起来终将云淡风轻的一个泪滴，所有的辉煌也不过是行将就木时眼前闪过的一抹微笑而已。

大二那年，正赶上学校的百年校庆，每个班都要强制参加活动，校园活动层出不穷。于是，我在一个朗诵比赛上遇到了王熠。她是高我一级的学姐，学会计，四川姑娘，脸很小很白，声音轻柔好听。
我们俩被分到了一组，结果我们用了比准备比赛更多的时间聊天。

她说其实自己的声音完全不适合朗诵慷慨激昂的校庆颂歌，但其他同学更不愿慷慨激昂，于是一致“推举”了她。
随后她讲起了自己所做的另一份工作。

在那之前我没听过任何广播电台，所以王熠是我认识的第一个电台主持人。她的节目叫作“理想之声”。

王熠学会计，但喜欢播音和主持，这多少有点儿像早年的柴静。她自己也承认像，但她深觉幸运的是，自己很容易就得到了主持的机会。因为台长是早些年毕业于我们学校的学姐，王熠去参加电台和学校联合举办的主持人比赛时，与她一见如故。

那场比赛王熠最终屈居第二，第一名是个播音专业科班出身但在烟盒上写诗的有趣男生。最终他俩做起了“理想之声”。

节目时间是深夜，万籁俱寂，最适合聊聊那些若有似无的悸动与情愫，也最适合通过电波用最虚无的东西——声音、文字、笔墨、影像连通城市角落里恰好处于一个频道的心跳。

我隐约记得，那时“梦想”一词还不是娱乐选秀节目的说辞，也不是在茶余饭后一提起来就像个玩笑的词汇。那时文艺青年好像也还没有广遭诟病。所以说起那档小小的节目时，她眼镜后的瞳孔闪闪发光，轻淡美妙的声音满溢着愉悦。

看着我欣羡的眼神，她也用并非抱怨只是倾诉的语气说了其中的艰辛。譬如，因为节目只是作为那场比赛的奖品，作为在校生的他们工资少得可怜，基本算是无偿劳动，只是达成了做主持人的小小心愿；譬如，理想主义仍然小众，所以在选题策划时，和领导的斡旋中也有诸多无奈；譬如，她在繁忙的课程之外做节目，并未得到太多的赞同，最多的声音是说“没用”，就连朋友们都觉得，她还不如把大海捞针般筛选稿件的时间拿出来好好学习，通过注册会计师考试。

但是就在那些一面是欣悦一面是忐忑的时光里，她坚持了几年。
一次，她上了某电视台的一个访谈节目，散场之后有一个观众在等她。那个女生像一个久别重逢的老友般走上前说：“我听出了你的声音，谢谢你的节目。”

王熠笑了笑，眼睛弯成迷人的弧度。她说，也许那个女生并不知道，就是那简单的两句话，让她觉得所有看似没有回报的付出都值得，所有看似重如千钧的质疑也在瞬间云淡风轻。
在那之后，我很少再和她见面。那时我远比现在执拗，一门心思想着就算撞到南墙也不回头。在无数迷茫或疲惫的夜晚里，我常常听她的节目，像是一种对谈。

那时我参加了一个足球队，经常五点多就要起床训练。有时看天色青白，有时看朝霞炫目。世俗观点是女孩子应该温婉可人。但我记得所有姑娘们一起奔跑的样子，灵巧的身姿，汗珠在太阳光下比耀眼的青春更剔透。也记得最难忘的那一场比赛。夏日晴空里突然云层翻涌，暴雨突至，姑娘们的小腿上全是泥点。她们摔倒了又迅速地跳起来，汗水混合着雨水浸透了长发。后来雨停了，天边斜挂一道彩虹，我们完胜。

此后，我再没参加过任何一支球队，但我最庆幸的是自己从未因为世俗观点而放弃对足球的热爱。因为它热血、落拓，即使是在破败街巷也能带出欢声笑语。和我想要成为的人一样。在迄今为止的人生中，我最喜欢的仍然是那些在球场上飞奔的时刻。天地之间，了无束缚，灵魂冉冉出窍，没有什么比那一刻更自由，好像随时可以飞起来一样。

那时候，更多的时间都孤独地埋首于教室或图书馆。有时，看着厚厚的复习资料头痛欲裂，独自跑到空荡荡的楼道里放声大哭。

年轻时我们无时无刻不想着取悦众人，可人心自难揣度。但我担心的从不是自己选择的道路荆棘密布，而是抬起鲜血淋漓的脚掌时还要对峙人言的冷风。

一个男生走过来递给我一包纸巾。我低着头看不见他的脸，只闻见烟味呛鼻。看着我涕泪交加的诉苦，他无语地熄了烟，叹口气，不知道该说什么。末了他说："仓央嘉措不说了吗？世间事，除了生死，都是小事。所以甭管他人目光，只求自己无憾。"

我便想起那次暴雨中的足球赛后，姑娘们一路边走边唱，人们的侧目没能阻挡那支浩浩荡荡的队伍。没人看到走在最后的我，悄悄地抹了把脸，把汗水、雨水之后的眼泪擦干。

后来王熠毕业离开，她在最后一次节目中说："谢谢你们，尽管只有我在说，而你们一直沉默，但是，是你们的倾听，让我的声音有了意义。"

我在黑暗中闭着眼睛，思绪却飞到了空中。

从前我最羡慕的是像风一样自由、说走就走的旅人，背景音乐必须是《潇洒走一回》。可那一刻，我想潇洒也许并不一定是仗剑策马奔走天涯。潇洒也可以是忙里偷闲、不计回报地去做某一件微小但无比热爱的事情；或者置众人的质疑于不顾，日复一日地练习，将一开始并不那么擅长的工作，最终做得风生水起；甚至，是最简单的"爱我所做，做我所爱"而已。

世间的事纷纷扰扰，在无数的羁绊之外，我愈来愈相信——潇洒，也许只是将所有的经历当作一次路过。纵使播种了却未能等来丰收，但至少沉默的耕耘让脚步更加踏实。

再后来，我也毕业了，那段和"理想之声"有关的回忆彻底成了过去。日子一直按部就班，只是，生活中多了很多"写不出来"的时刻。

作为一个并不具有文字天赋的普通人，我经常像凿壁一样将字一个个地敲下来，再一个个地删掉，像是对话，又像是对抗。

这并不是件轻松的事情。每当这样的时候，我便会陷入长时间的焦虑，在房间和走廊间暴走，恨不能像《欲望都市》里的凯莉一样点燃一根烟，在升腾起的烟雾中闭上眼睛，期待灵感从天而降。更多的时候我倚着走廊尽头的窗栏看向夜幕下的城市，灯河一点点隐入夜色中，流光灿灿皆变为沉寂。

那是一种前所未有的孤独，它们裹挟着我，犹豫和挣扎便像夜风一样翻涌而来。

前几天，很意外地又在人人网上遇到了王熠。

她仍然做着规规矩矩的会计，闲时录音，一段段存在电脑里，文件夹仍命名为“理想之声”。我说起写作时的迷茫困顿，她没安慰也没鼓励，只传给我一张照片，是徐璐写在《关于理想的课外作文》序言里的话。

那个彼时和我年纪相仿的姑娘说：“长到这个年龄，我能够改变世界的方式大约只能够是文学艺术，而不是政治、经济、军事、科学。我知道文艺并不能覆盖人生，我也深知自己的能力有限，但我还是会全力以赴。我希望通过我的文字，让不开心的人朗声大笑，让铁石心肠的人感动，让迷信的人怀疑，让怯懦的人勇敢，让健忘的人记起，让正值青春的人自豪并珍惜，让所有的人面带笑容，脚踏实地，心怀梦想。”

这本书与这段话是我们俩当年一起准备比赛时我在看的。很多年后，我几乎忘记了这般年轻却赤诚的话语也曾让人热泪盈眶。所以，我又打开了另一个文档，做这么多年来一直想做的事情，尽管不擅长，但单凭“书写”二字就已让我单薄的生活走上了新的朝圣路。因此，还想借用王熠的那段话：谢谢你们，尽管只有我在写，而你们一直沉默，但是，是你们沉默的注视让我的文字有了意义。

我知道，这一刻，你正在空无一人的街道上等待末班车，漫长的白天里你已接了无数的电话，填了数不清的表格，你在老板和客户之间费力地周旋，口干舌燥照镜子的一瞬间觉得自己像跳梁小丑一样不堪。而另一刻，你在别人怀疑的目光和否定的言语中不断推翻自己的选择，生活似乎不断掷来考验，理想和现实好像永不能两全，而你还在拖着疲累的身躯对抗。每个人都感叹人生苦短，我明白所有无奈和失意的瞬间，在你目光不能及的宇宙里，从来没有人能够又恣意又逍遥，还无时无刻不得偿所愿。

4月23日是世界读书日，我参加了一个读书会，组织者是一个比我父亲年龄还大的老文艺青年。

他在简短的发言中说：“读书是精神的呼吸，我对它怀着最深的敬意。”

散场之后，月白风轻，他站在明晃晃的月光下，一个一个送我们离开。

我听见他跟一个还在读高中的男孩子说：“人生是一场长跑，而非冲刺。”

而他跟我说：“人生太短，最紧要地是活成自己。”

就像他说的，人生是长跑，而非冲刺，不如把一切的失意、寻找、成败都当作一次路过。漫漫长路，不会因为一次路过而一劳永逸，也不会因为一次路过而万劫不复。在如长河一般流淌的岁月中，它们是片段而不是篇章，是音符而不是乐曲。所有的苦痛不过是很多很多年后回忆起来终将云淡风轻的一滴泪珠，所有的辉煌也不过是行将就木时眼前闪过的一抹微笑而已。

所以，别停止也别放弃，别骄矜也别大意，我们要做的，不过是在纷纷扰扰的世间活成自己。

若有最想实现的愿望，也当一次路过。哪怕就这一次，追想追的妹子，唱想唱的歌，喝想喝的酒，趟数不清的河。

至少在与现实抵死厮杀的间歇，有那么一两个片刻，我们像个最潇洒的流浪者，能将所有的路过都变成动听的歌。

努力，是有惯性的

四

在世界变好之前，请让我先变好

I BELIEVE

成长是一场温柔的修行。不是越来越强硬和尖锐，而是越来越宽宥和平和。年岁渐长，当世事的粗粝与残酷让我们开始拥有一副看似刀枪不入的外壳时，其实，所有的坚硬都源于柔软的内心，源于尊重与善意，源于始终不渝的相信——相信以柔克刚的力量，也相信真挚能够兑换真挚，温情足够匹敌寒冷。

他第一次去办公室推销颈椎按摩仪时，我不客气地将他请了出去。

那时我在学院办公室做学生助理，老师们各忙各的，电话声此起彼伏，我跑前跑后焦头烂额。

所以，他敲门进来，说明来意之后，还没来得及介绍产品，我就刻意面露难色："老师们很忙，可能还要等很久，要不你先去其他办公楼？"

他没着急也没生气，脸上还是和敲门时一样恭敬礼貌的笑容，临走前还跟我说了句："这橡皮树记得多晒太阳啊，否则容易掉叶子。"

我回头看了一眼那棵蔫了吧唧的橡皮树，果断地把它搬到了另一间办公室的落地窗前。也许就是因为这句话，他第二次到办公室推销时，我一下就认出了他。

那天恰逢老师们都去开会，我正收拾着桌上的材料。见到他，想起一个朋友颈椎疼得厉害，于是听他说了几句。

时至今日，我早已忘记了那个按摩仪的原理是什么，只记得他有条不紊地给我讲解，声音不徐不疾，语调不高不低。

我拿着宣传册，答应给朋友看看，并留下了他的联系方式。临走之前，他看到放在办公桌上的在职硕士生招生简章，礼貌地问我可不可以拿走看看。

后来，我经常在校园里看到他，大多数时候是在自习室。时间长了，我们经常一起聊天，逐渐变成了朋友。

有一次吃饭，我忍不住说他："你太老实啦，做销售稍微强势一点儿会不会更好？"他笑了："你是第一个说我老实的人。你知道吗？我曾经差点进监狱呢。"
我凛然一惊，脸上的惊讶毫无掩饰。

原来，他第一次进大学时顽劣不堪，逃课、打架、泡网吧、赌博……在一次聚众赌博输了两万元后，他被学校开除了。

家里并不知道他被开除，因为他还营造着一个在上学的假象，心安理得地拿着父母每月按时寄来的生活费。

被学校开除后，他除了继续赌博，还经常打群架。最严重的一次，他们在一家小饭馆吃饭喝酒时遇见宿敌，两队人没按住火气，三言两语不合，先是拳打脚踢，随后有人冲进厨房拿了刀具。

那天他喝得太多了，站都站不稳，只好躲开人群去厕所里吐，吐完后歪歪斜斜地走出来，只见地上一片血红——瞬间清醒的那一刹那，他才知道刚刚有一个人，不知死于谁的刀下。

几天后，他从派出所出来，直奔火车站，买了一张去北京的火车票。

我问："为什么选择了去北京？"
他说："当时没想为什么，就觉得北京那么大，足够让我藏在人群里，再也没有人知道我这段过去。”

那之后，他在北京待了一年，又辗转去了深圳。那片血红色一直挥之不去，让他常常从噩梦中惊醒，心中明明空空荡荡，而压抑又让人窒息得喘不过气来。

也不知道是在哪一个时刻，在异乡吃尽苦头的他，突然决定要重新开始。已经二十岁的他，重新开始的第一步是想返回高三的课堂。

谁知回到故乡，邻居见了他，脸上全是带着些畏惧的诧异，在眼神里交换着“你不是去蹲监狱了吗”的疑问。他也不知道该怎么解释，只能露出一个连自己都觉得无力的笑容。

在那座人言可畏的小城市里，没有一所高中愿意收他。他看着父母四处奔波的脚步，还有求爷爷告奶奶的委屈，心里愧疚至极。

终于有一所高中愿意收他时，高三已经过了三分之一。第一次模拟考试，他考了三百分。那个分数还没他第一次高考时的成绩高。

拿到成绩单那夜，他沉入很深很黑的梦境里。隐隐约约中，一会儿是监狱的高墙和狱警的厉声呵斥，一会儿是聚众赌博的小店里乌烟瘴气、昏暗不堪的灯光。

在高三剩下的日子里，他卧室里的灯，每天晚上都三点钟才熄灭。

虽然最后他只考上了一所最普通的本科学校，但对他而言，生活却是来了个一百八十度的大转弯。

作为班里年龄最大的学生，他视全班同学为弟弟、妹妹，一边拿奖学金一边搞热闹的班级活动，威信和年龄一样德高望重。

他虽然轻描淡写，但细想我仍觉欷歔。

他年少时顽劣，在成长中因为恣意妄为走了太多太多的弯路，然后又一步一步靠着自我救赎走到了今天，走到了我看到他时，衣着得体、谦卑有礼的样子。

那些聚众打群架、玩命赌博的过去都成了旧梦，想起时只剩一丝轻微涟漪。

后来他升职了，不需要再上门推销。我常常收到他的消息，让我帮他润色工作报告，罗列专业书单。他开始复习考研，在繁忙的工作之外，他想要努力走得更远一点儿。

今年年初，他看了我写的减肥经历，很激动地说："我也要改变了，我要戒烟！"三个月后，他成功戒掉了近十年的烟瘾。

这些年，我很喜欢安妮宝贝说的一段话。她从上海前往北京，在虹桥机场看到一地的灯火，她写道："那一刻因为生活拥有的能够不断重新开始的可能性，因为心中始终贯彻着的一往无前，我热泪盈眶。"

是啊，人生时时刻刻都有重新开始的可能性。对他来说，也不过是不长的人生里那些数度沉沦又数度自救的经历让他明白，只要你想，就可以随时重新开始。

纵然过去的阴影、旧的习惯像伤疤，一碰就痛，但面对未来时，只需要战胜自己，战胜软弱、懒惰和恐惧，只要内心坚定不移，就足以迎来美好的光。

虽然直到现在，他那些不大光彩的过去仍然会被别人津津乐道，有一次他妈妈甚至在和邻居的争辩中被气得哭了。

所以，我问他："你觉得这个世界公平吗？它有时会残酷地扇你一巴掌，还不许你捂脸痛哭。它有时给你一颗糖，就要让你感恩戴德，甚至三拜九叩。"

他笑了笑，只说："在世界变好之前，我得先让自己变好，也只能先让自己变好。好到我能淡然承受它的苛责和流言，也能坦然接受它的勉励与嘉奖。"

从前他跟全世界叫板，以为征服这个世界的武器是他的放纵与不羁。后来他被它的凄风苦雨淋湿过，也被它的阴阳怪气刺伤过，却不愿意再和它对抗。

他肯定和我一样，发现了成长是一场温柔的修行。不是越来越强硬和尖锐，而是越来越宽宥和平和。年岁渐长，当世事的粗粝与残酷让我们开始拥有一副看似刀枪不入的外壳时，其实，所有的坚硬都源于柔软的内心，源于尊重与善意，源于始终不渝的相信——相信以柔克刚的力量，也相信真挚能够兑换真挚，温情足够匹敌寒冷。

谈到未来的打算，他言语里有着略带自信的轻松：“不着急。人生才刚刚开始，会有很多事情发生呢。”

I BELIEVE

重要的不是你身处何处，
而是你要往何处走

有些路走起来艰涩坎坷，有些路看过去毫无尽头，可若你知晓方向，亦步亦趋地走下去，总会越来越顺遂和平坦。

束缚一个人脚步的，永远不是荒凉贫瘠的环境，而是一个人的心。生活从不会黯淡一束惯于仰望的视线，也不会辜负一颗诚恳真挚的心。

上大学的时候，我和朋友的备忘录里都有一句话："重要的不是你身处何处，而是你要往何处走。"

这句话下面，我写的是密密麻麻的专业课复习计划，而她写的是托福备考日志。

我们在深夜寂静的楼梯口聊天，因为一整天的复习，她满脸倦怠，瞳孔却闪闪发亮，为一天的收获而暗自雀跃。

毕业之后，她去了大西洋西岸的一座城市定居，我们隔着半个地球的距离，仍然在深夜聊天，聊些不知所以的内容，聊着我们要往何处去。

后来我认识了蓝姐。蓝姐是我朋友小安的高中同学，有一次我去参加他们的聚会，正碰上蓝姐在接电话，一口标准的英语，全是我听不懂的英文单词。

我悄悄地跟小安说："你这个女同学好厉害。"

听小安说，蓝姐是医学博士。可读高中的时候，她只是班里最不起眼的一个女同学，相貌和成绩一样平平。不止男生注意不到她，甚至连女生也很难注意到她。

沉默寡言的三年高中生活一晃而过，蓝姐也没有在高考中成为黑马，以她的正常成绩读了一个专科学校。所有人都以为她会和班里其他女同学一样，毕业工作，很早就结婚生子。谁知之后的每一次聚会，蓝姐的身份与生活都让老同学们觉得惊讶——这个班里最不像学霸的人，成功地走上了一条学霸的道路。专升本，考研，考博，从蓝同学到蓝博士，她用了十年——18岁到28岁的全部时光。

那之后，我和蓝姐成了朋友。

我经常看到她去世界各地参加研讨会、作报告的照片，和她在国际期刊上发表的一篇又一篇的论文。

学校举办毕业典礼，蓝姐作为优秀在校博士生代表发言。主持人介绍完她的一系列荣誉与奖项，介绍到她的论文数量和影响时，引来全场学生一片赞叹。

十几年前，一起坐在高中教室的小安和他的同学们——包括蓝姐自己，都想不到，她会在十几年之后，成为一个万众瞩目、闪闪发光的人吧。

最让我感慨的是，她已经28岁了，可举手投足间仍然是少女的样子——活泼，热切，对未来充满向往。

相比于当年教室里那个寡言的女生，一定是这些年来一步步的成长，让她的人生有了更多的底气，是她在那些沉默的岁月里，埋头躬身的样子，让她从容自若地走了这么远。

我的另一个好朋友，上高中时数学比我还差，一百五十分的试卷经常考六七十分，高考的时候超常发挥，第一次考及格。大三那年，大家都在考研，她也想考，所有人都不信她是认真的，经常打趣她“重在参与”。

可上次打电话，她跟我说：“想想自己高中时数学考那点儿分，现在居然变成了理学博士。人生啊，总在预料之外。”

可我知道，所有的预料之外都是冥冥之中的意料之中。因为她每次给我打电话，都是收到论文投稿的审阅意见之时。一审、二审、三审……随之而来的是她一次又一次的修改。我很少宽慰她，只听着她在电话里自己给自己打气，自己跟自己说加油。

读研之后的这几年里，她是“明知山有虎，偏向虎山行”，跌跌撞撞地走着这条路，才终于收到了心仪学校的博士录取通知书，走到了光亮之处。

在那些熬夜修改论文的万籁俱寂的深夜里，她也知道前路漫漫，可心中暗自笃定，何惧未知风雨。

读研时有一个老师，他的故事更加坎坷和曲折。十几年前，这位老师上了一所学校，不是211，不是985，甚至不是一所普通的本科学校，而是初中毕业即可就读的中等专业学校。我不知道他读的是什么专业，但是没上过高中的他，不久之后便通过自考考取了一所本科院校的英语专业。

这所学校也只是一个普通的二本，在省内都排不上好名次。本科毕业之后，他去了一家外企从事英语翻译工作，后来一度辞职创业，在社会的洪流中摸爬滚打。

可一番风雨磨砺之后，他还是很想读书，于是在毕业几年之后成功考研，回读本科的学校读了英语专业的研究生。

随着知识的丰富和眼界的开阔，他慢慢发现自己的兴趣并不在英语，而在经济，于是又毅然考博，成为一所名校的博士，师从泰斗级的著名学者。博士毕业之后，他顺利地来到另外一所985学校任教，成了我们的硕士导师。

我们抱怨他布置的课后作业太多时，他说："我读博士的时候这本书的每一道课后题我都做了，你们还嫌作业多？！"

于是我想到，读博士前，没有上过高中，本科又是学英语专业的他，需要自学全部的数学课程。这让自认为是文科生，一遇见数学问题就消极放弃的我甚是羞愧。当再看到他翻译的流畅严谨的经济学著作，看到他在课堂上进行模型推导与定理证明时，我常常深感敬佩。

你看，真正的英雄，真的不问出处。

以前的高中老师曾跟我们说，永远不要小觑你身边的每个人，因为你不知道他以后会走到哪里。所以一定有很多人，他们从最平淡的处境里，走出了最绚烂的风景来。

但如果能回到高中的课堂，我更想告诉自己的是：永远不要因为此时此地的境遇放弃对未来的向往。因为真正重要的不是你身处何处，而是你要往何处走。

有些路走起来艰辛坎坷，有些路看过去毫无尽头，可若你知晓方向，亦步亦趋地走下去，总会越来越顺遂和平坦。

上大学时遇见不少同学，因为觉得自己高考发挥失常而自怨自艾，不仅觉得大学配不上自己，甚至觉得老师和同学都配不上自己。这种自怨自艾没有变成他们逆转命运的动力，反倒变成了他们玩世不恭的借口。

直到四年之后，那些高中时原本不如他们成绩出色的同窗们陆陆续续地拿到了名企甚至名校的offer（聘用信），他们才幡然醒悟，无奈为时已晚。

拿到名企甚至名校的offer（聘用信）并非全然等于人生的成功，但我们却可以说，积极、乐观地将18岁至22岁这四年的至美年华过得酣畅淋漓，也算是一种成功。
束缚一个人脚步的，永远不是荒凉贫瘠的环境，而是一个人的心。生活从不会黯淡一束惯于仰望的视线，也不会辜负一颗诚恳真挚的心。

小时候上语文课，“坐井观天”与“夸父追日”都是贬义词，但如今我觉得，一只常常观天的青蛙胜过只会埋首于狭小水井的同伴，而逐日的夸父在恣意奔跑的道路上早已与太阳一般绚烂灼目。每个人都有做梦的权利，每个人都有圆梦的可能。
我想，若你愿意走向光亮，即使再暗的地方都能渗进阳光。

努力，是有惯性的

I BELIEVE

有些人天生努力，也有些人是自己想要改变，然后慢慢地超越，当每一天相比于前一天都有新的进步时，才逐渐迎来了人生的全新模式。

朋友工作之后，想多看点儿书，找我列了个书单。我大概写了一百本，她大呼小叫："这么多我怎么看得完！"

因为列的都是通俗又好读的书，所以我让她不用管能不能看完，就挑些感兴趣的慢慢看。

不到一年，她兴高采烈地发给我一张图，那一百本书的后面，每个都打上了勾。这次，她没有再找我列书单，因为她自己就找到了很多有意思的书。

我问她是怎么做到的，原来她不过是治好了自己的微博依赖症而已。朋友工作的地方离家不近，每天一早一晚加起来有两个小时的通勤时间。在向我要书单之前，她在公交车上都是刷微博度过的，看看搞笑的段子和动态图，翻一些热门帖子，除了哈哈大笑一场或欷歔感叹一番，一无所获。

她找我要了书单之后，她每天都挑本书带着看，一开始根本看不下去，一天只能看三五页。后来她看得越来越快，睡觉前躺在床上刷微博的习惯也变成了翻几页书，她视为"重任"的书单不知不觉就完成了。她从来没想过，那些碎片化的时间累积起来，能变成这么丰厚的财富。

如果养成一个新习惯也算努力，那么努力，是有惯性的。

我读的书不算多，但我看书比较快，所以这些年来一直保持着每周至少三本的数量。很多人问我："你怎么有那么多时间读书？"

我一天的时间也是24小时，并没有更多的时间。但我没有看电视剧的耐心，不太上微博，对逛淘宝也没有什么兴趣，所以才省下了不少时间看书，并且读书本身给我带来了无与伦比的乐趣。

也有人问："那么多书，你都是买的吗？"事实上我很少买书。上学时，几乎都是从学校图书馆借书看，现在工作了也是这样。

市立图书馆最多可以借六本书，我每两周去一次，很轻很薄的散文或者小说站着就能看完，其他的会借回去慢慢看。时间长了，一段时间不去图书馆淘书就会觉得不习惯。

在读书习惯的养成过程中，我特别感谢我妈妈。在我小时候，她是一名严格的小学老师，从不让我看电视剧。小孩子太无聊，只好看书，所以我大部分的周末都在家附近的书店里度过。

陆陆续续读过很多精彩的童话、小说之后，我才慢慢地爱上了读书。

我相信，人的行为是有惯性的。懒惰有惯性，勤奋也有惯性，生活中的一切习惯都不是一天两天养成的。

看书看久了，你会觉得今天不看就不舒服。写文章写久了，一有灵感就想赶紧打开电脑写作。

根据我的教训，如果有一本600页的参考书需要复习，如果你想着"今天先玩一下吧，明天开始，每天看20页"，那最可能发生的情况是"明日复明日，明日何其多"，每个打算看20页的明日都变成了先玩一下的今日。

最好的方法是："今天就开始，现在就开始，就算现在只能看一页，也要从现在就开始。"

有个成语叫"知易行难"。之所以行难，就是因为每逢要改变或者挑战自己的时候，人们的惯常心理是观望和逃避，迟迟不愿意开始第一步的尝试。事实上，一个习惯的养成说容易也容易，只要你真的想做，并且强迫自己从这一秒开始。

也有人说，我已经毕业好几年了，现在才努力会不会太晚了。我只想说，从什么时候开始努力都不晚。

以前曾经看过一本书《考拉小巫的英语学习日记》，书里除了英语学习方法，还有作者自己的成长经历。让我印象最深刻的是看到作者大学开学第一天的顿悟。

由于生性贪玩，中学时，她经常逃课，从来没竭尽全力付出过，中学六年时间，她都在浑浑噩噩中度过。

高考之后，看着昔日的同窗好友都去了更大的城市，读上了梦寐以求的大学，作者第一次觉得生活不能再这样下去了。

随后她成功开启了学霸模式。尽管正在矫正牙齿，但她戴着牙套，仍然站在走廊的寒风中拼命练习口语，嘴唇常常被划伤。读英语专业的她，为了练习听力，听坏了好几个复读机。命运没有辜负她，不仅给了她优秀的托福和GMAT（经企管理研究生入学考试）成绩，还给了她华盛顿大学的offer（录取通知书）。

对考拉小巫的故事，我特别感动。因为她让所有人看到了一个学渣蜕变成学霸的经历。有些人天生努力，也有些人是自己想要改变，然后慢慢地超越，当每一天相比于前一天都有新的进步时，才逐渐迎来了人生的全新模式。

所以啊，因为又浪费了一天时间而自责的你，自责不如行动，不如从今天少浪费一个小时开始，从打开一本想读却迟迟未读的书开始，从穿上跑鞋跑出几百米开始。总有一天，你会为自己丰富充实、了无遗憾的生活而暗暗惊讶。

相信我，努力是有惯性的。

与其坐而言，不如起而行

I BELIEVE

我们已经在疲于奔命的工作里浪费了太多的热血，又已经在琐碎繁杂的生活中消耗了宝贵的激情。那么，剩下的时间里，让我们停止抱怨与幻想，严肃地坐下来，思考能为遥远的梦想做出怎样微小的努力，然后将一点一滴的行动变成生活中的习惯。

去年的八月是我最焦虑的一段时间，也是我身边的同学们最焦虑的一段时间。

当时正值找工作的前夕，简历做了一版又一版，还是不满意。为求面试经验向学姐取经，她让我准备传说中的“宝洁八大问”，我写了好多个答案，仍然觉得有失妥当、没有底气。

对当时的我们而言，焦虑的原因是怕找不到好的工作，甚至怕找不到工作。虽然第一份工作不能决定一切，但仍怕近二十年的寒窗苦读会付诸东流。当然，最大的焦虑是，生怕自己会淹没在人群中，庸碌一生，成为尘世万千面孔里最模糊的一个。

打电话给妹妹时向她诉苦。这个读高中的小姑娘是一个早熟又犀利的学霸，听完我的唠叨之后，愤愤然地将我训斥了一顿：“你就知道焦虑，焦虑有什么用！你有焦虑的工夫还不如认真地去看一页专业书！”

被一个高中生鄙视加训斥之后，我羞愧地挂了电话，转头把To Do List（待办事项）上列的事老老实实做完了。

后来按部就班地网申，听宣讲会，参加面试，拿到了还算满意的offer（聘用信），回望一路风雨兼程，也觉感慨万千。

我的朋友陶先生，读大学时天天背着一个巨大的双肩包，里面塞着各种专业书籍和考证资料，年年拿国家奖学金，证书考了一个又一个，组队参加国际比赛，取得的奖项难以计数。大四一开学就顺理成章地被保研到了某名校。

我原以为，保研之后他也会过上“猪一样的生活”，没想到他只休息了一个周，便主动申请帮导师做项目。

记得大学毕业典礼那天，我感慨：“大学生活就这么结束了啊，你对这四年还满意吗？”他沉默了几秒钟说：“至少上大学前，我给自己定下的目标基本都实现了。”
不知道别人做何感想，至少我听到他的回答时非常羞赧。

他是那种少有的清醒而自知的人，一早就知道自己要走的路，所以从不懈怠，在别人睡午觉时去自习室复习功课，在别人都在享受悠闲的暑假时，主动去寻找社会实践项目。
他理应拿到最好的offer（录取通知书）。

旁人只看到他一路顺遂，可我知道他也有焦虑的时候，也有想砸桌子撕参考书的时候，也有想从公司摔门而去的时候，只是他从不让那种情况停留过久。
他说：“战胜焦虑最好的办法就是行动。有焦虑的力气，不如化焦虑为知识，化焦虑为经历，用焦虑的时间来获得更多的认可。与其坐而言，不如起而行。”

相信大多数的我们都一样，有虽然渺小却难以割舍的梦想，也有不得不面对和顽强抗争的现实。一本又一本的励志书告诉我们：“有些事现在不做，一辈子都不会做了。”可大多数人看完转身仍然什么都没有做。一篇又一篇被人们疯狂转载的文章说着：“再不梦想青春就老了。”可大多数人在热血沸腾了几分钟之后，继续只空谈梦想，却不付出任何行之有效的努力。

一个又一个的时间管理方法横空出世，“晨间日记创造奇迹”“记事本改变人生”，可大多数人很快便让拼命搜集来的记事本堆在柜子里积灰，眼下宝贵的一天又虚度了。

与其坐而言，不如起而行。若没有付出日复一日的坚持，没有为遥远的梦想添砖加瓦修筑道路，你就不配抱怨现实的苦与黑暗，不配抱怨为什么梦想仍然远在天边。

我们已经在疲于奔命的工作里浪费了太多的热血，又已经在琐碎繁杂的生活中消耗了宝贵的激情。那么剩下的时间里，让我们停止抱怨与幻想，严肃地坐下来，思考能为遥远的梦想做出怎样微小的努力，然后将一点一滴的行动变成生活中的习惯。

《时间管理幸福学》一书里，吴淡如写了这样的一段话：“某一天，当我还是个对写作有兴趣，但怎么写都只是个不畅销的作家的时候，我在出租车上，听到前辈林清玄先生很诚恳地说自己每天都会写三千字，对他来说，已经是一种习惯了。一个当时那么畅销的作家这么说，对我是很有感召力的。我开始每天至少写两千字。没有为‘一定要换成稿费’而写，没有读者也写，自己寻找题目，把写作当成生活的一部分。有时，写不出自己想写的东西来，那就写一些无聊的消息稿或整理访问稿，我甚至还愿意接翻译稿，只求有字可写。”

你看，当那些为梦想而付出的行动已经变成生活中与一日三餐一样的习惯，已经变成与呼吸合二为一的节奏时，梦想的实现就在咫尺之间。譬如林清玄先生，譬如吴淡如，譬如还在路上的你和我。

梦想仍然很远，现实仍然艰难，我知道我们注定要一起，在满目疮痍的生活中虔诚守望，在追逐理想的弯道上安营扎寨，在热血沸腾的青春里所向披靡。

实习教给我的事

I BELIEVE

只是那些酸与咸原不是要教我们苦大仇深，对生活板起一张又怒又戚的脸。而是，甘之如饴地接受它如流水漫过的波折、栀子叶一般的苦涩，和撩拨心弦的伤悲。

居低位要有大气象，不要因为被忽视、被遗弃而放弃内心的塑造。甘于做小事，善于做小事，即使是打印文件也要打印得又快又好。时刻满怀善意，多些谅解和宽容，少些指责和抱怨。

当我开始人生的第一次实习的时候，一颗玻璃心哗啦啦地碎裂。

当时公司还没有客户信息管理系统，我的第一项工作就是将领导名片夹里数不清的名片一张张地录入到excel表格里，包括姓名、头衔、手机、固话还有联系地址。

我对这座城市的阴影便是从那时候开始的，因为处在复习注册会计师考试的水深火热中，痛苦地录完了所有的客户信息，对它的每条街、每条路都记忆犹新。

新年帮客户选礼品，方案做了近百页文档，图文并茂，领导拿给客户看，却因众口难调，修改的时间倒比做的时间长出许多。一天改一版，改到我再也不想打开那个word文档。后来开始自己跑客户。去之前打电话预约时，经常被训斥，我坐在电脑前，看着一排排的电话号码发呆，有时候一拨出去又立即挂断，焦虑里带着一丝丝恐惧。

后来两次都是在银行实习，更觉得遍历沧桑。作为一个曾在3个月内只通过运动就能减肥30斤，在长跑队和足球队里摸爬滚打了好几年的女生，我自觉不是一个惧怕吃苦的人。但是在这两次实习期间，日复一日的体力劳动让我觉得不堪重负。

站大堂的一个月，当真是站，每天从早晨8点到下午5点都在站着，每天一回宿舍便在床上将腿高高地吊起来，浑身疼痛难忍。

后来看李银河的《以温柔优雅的态度生活》一书，她讲到自己二十多岁时，在内蒙古的农场上劳动里好几年，那几年无比漫长。她用这么一段话述说了那种彻骨的悲哀：“心理学家认为，毫无意义的劳作对人的心理的折磨远胜过有意义、有结果的劳作，它能把人彻底逼疯，而我们的最美好的年华就浪费在这种毫无意义的劳作上。

没有人能使我再轻易地相信什么。我们那一代人都喜欢小托尔斯泰的一句话：‘在碱水里浸三遍，在……’这是从我们的皮肉上得到的经验啊！从此以后，我们偏爱从自己皮肉上得到的真理，我们不再轻信任何人。这是我人生的第一课，刻骨铭心，终生难忘。”

虽然我的劳作远不如她的劳作辛苦，但是看到这一段话时，我仍然心有戚戚焉。更何况，在银行已经完全变成服务行业的今天，作为一个没有任何地位的实习生，不仅要应付偶尔出现的刁钻客户，还要和银行里一些脾气巨差，对客户点头哈腰、对实习生却吆五喝六的员工搞好关系。怎一个“难”字了得？

实习最后一个月恰逢暑假，天气暴热。一整个月都在跑小微客户。家纺批发商场、建材市场、科技中心，鱼龙混杂，在蒸笼一样的公交车里来回穿梭。幸好，无论有多烦琐、多无趣、多艰难，在这三次实习中我都坚持了下来，善始善终。

朋友实习时，虽然每天不用见客户，但在实习单位，被同事厉声呵斥，被同事“啪”地一声摔掉电话也是家常便饭。

她说：“刚来实习的时候，我希望分给我的工作越多越好。如今，我只希望分给我的工作越少越好。我常常反思，这才只有一个月的时间，我怎么就变成这样了？”我们常常说，希望自己不要变成自己讨厌的那个人。但是，事实往往是，我们真的这么快就变成了自己讨厌的那个人。

如今，我的很多同学刚入职，都在银行坐柜台。一个朋友感慨：“我从小就盼望数钱数到手发软的生活，如今终于实现了。”我的另一个朋友6月刚毕业，为了应付定期考核排名，参加电脑键盘的小键盘操作训练，他的右胳膊已经比左胳膊要粗了。

李碧华的小说《潘金莲之前世今生》里，开篇写死后的潘金莲提着流血的头颅，捂着已成血窟窿的胸口，走在无数魂灵赶着去投胎的黄泉路上。孟婆唤住她，强递给她一杯茶汤。潘金莲接过喝一口，怨：“这茶，又酸又咸”。孟婆道：“人情世事，不外又酸又咸。”由书改编的电影里此语更为凝练，孟婆厉声喝道：“世事皆又酸又咸。”一语惊醒世人千万。

于我而言，实习更是又酸又咸。想必对于大多数的我们都是这样的。原本对工作的幻想颇多，心底有万丈豪情，结果却一巴掌就被拍死，发现现实何止骨感，简直是骨瘦如柴。不被认可，不被重视，被另眼相看，被呼来喝去，完全没有任何存在感。

现在想想，实习时遇到的那些事和那些小情绪，对今后的正式工作乃至更漫长的人生而言，简直微不足道。但是如今回头看，我仍然不忍苛责当时的自己，因为在所有的理想破灭之前，在对现实境遇习以为常之前，自己那些受了委屈后的小脾气，那些顽强的挣扎，或许是成长中独有的印迹。

只是那些酸与咸原不是要教我们苦大仇深，对生活板起一张又怒又威的脸。而是，甘之如饴地接受它如流水漫过的波折、栀子叶一般的苦涩，和撩拨心弦的伤悲。

居低位要有大气象，不要因为被忽视、被遗弃而放弃内心的塑造。甘于做小事，善于做小事，即使是打印文件也要打印得又快又好。时刻满怀善意，多些谅解和宽容，少些指责和抱怨。
这些都是实习教会我的东西。

所以，谢谢你，我为期两年的实习生活。

这个世界
从没有捷径可走

I BELIEVE

这个世界从没有捷径可走，就算有捷径，也是走过无数弯路才找到的捷径。如果有一步一步走向既定终点的耐心，也有暗夜里踽踽独行的勇气，我想再骨感的现实都可以通过日复一日的坚持慢慢地靠近理想。

和朋友们聊天时，经常会聊到各自的迷茫与困惑。

有人说想要考司法考试，可下班回家已经很难抽出时间，有人不喜欢现在的工作，想换工作，却抽不出时间做跳槽的各种准备。

有人说，现在工作了，特别后悔大学四年没有好好珍惜，还有好多愿望没来得及实现呢，但工作之后已经心有余而力不足。

我想起安房直子有篇童话叫作《海之馆的比目鱼》，讲述了一个虽然有点儿理想主义但仍然颇具深意的追梦之旅。

阿卡西亚西餐馆的服务生岛田今年22岁，从童年起就喜欢烹饪和美食，梦想着成为一个够格的厨师。可是尽管已经在这家餐馆里拼命工作了6年，他仍然没能成为厨师，永远都是打下手的。

就在生活最无以为继，他下定决心要放弃之时，一条会魔法的比目鱼告诉他“忍一忍，再忍一忍”，并央求他救它一命。

善良的岛田将这条比目鱼带回了家。得知了岛田的心愿之后，比目鱼说：“像你这样正直的小伙子完全值得拥有一家属于自己的餐厅呀。”

于是比目鱼督促他先拿出全部积蓄租下了一家店面，然后督促他每天下班之后在家研究菜谱，练习烹饪美味佳肴，还鼓励他勇敢地追求了一个美好贤惠的姑娘。

终于，岛田的餐厅顺利地开张了，他和那个姑娘也终成眷属。

和岛田类似的一个故事发生在我的朋友小茗姐身上。小茗姐是我在注册会计师考场上认识的。

当时一眼就能看到她，是因为在一堆手中不舍资料、嘴里还念念有词的备考考生里，她不仅淡定从容，还身怀六甲。

我在她前面进考场，生怕不小心碰到她，没想到她大方地说："没事啊，我还一个人坐公交车来的呢。"

果然，考完试，我们一起在考场附近简单地吃了个饭之后，又巧合地一起坐上了同一辆公交车。

小茗姐学会计，在一家企业工作了数年，渐渐遇到了职业瓶颈。她毕业那年没能进会计师事务所，这几年还一直惦记着。

工作越来越成为负累，但碍于房贷和生活压力，小茗姐也没辞职，只是在工作之余做着跳槽的准备。

我问她："怀孕还坚持这么繁忙的工作和高强度的学习，很辛苦吧？"

她有点害羞地笑了："我想做一个可以让孩子骄傲的妈妈啊。不过为了兼顾健康，我还是控制在自己身体能接受的强度内，只是觉得，可以走得慢，但不能停。"

在那个又小又嘈杂的餐馆里，她微粉色的面容上绽放着的光亮，让我有很大的感动与微醺的沉醉。

回去之后，我寄了《海之馆的比目鱼》绘本给她，封面上用荧光笔写了比目鱼的口头禅："想想海之馆的比目鱼，会有幸运的噢！"
后来，她女儿出生，刚满百天，她已是辣妈模样，白衫黑裤，干净利落。之后她去了一家会计师事务所面试。

朋友工作之后，我们一起看了《另外八小时》，两个人信誓旦旦地约定了在工作之余的另外八小时里要实现的人生愿望，比如学日语、弹钢琴、考各种资格证书。为了充分利用沉没成本这一概念来督促自己，她还花高价购买了好几个学习课程。

几个月后，两个人再联系，都长吁短叹。她的高价课程直到结课那天也没去上，我还是只会用钢琴弹奏寥寥无几的几首歌。
是的，工作之后的生活便是如此。忙忙碌碌的一天之后，回到家收拾完家务，便只剩歪在沙发上看美剧的力气。

可是在很多个这样的时刻，我总想起那个紧张的注会考场上，小茗姐专心致志盯着屏幕，迅速用计算器得出答案的身影。
在"理想很丰满，现实很骨感"的消极论调面前，我更相信切·格瓦拉说的"让我们忠于理想，让我们面对现实"。

这个世界从没有捷径可走，就算有捷径，也是走过无数弯路才找到的捷径。如果有一步一步走向既定终点的耐心，也有暗夜里踽踽独行的勇气，我想再骨感的现实都可以通过日复一日的坚持慢慢地靠近理想。

励志姐王潇曾说过一句话："互联网时代，没有怀才不遇这回事儿。"我深以为然。
连犀利哥都能爆红网络，所有的社交媒体都在给人创造着无限的可能性。

我也相信，一个人可能会蛰伏三年五年，但绝不会蛰伏十年二十年。
再说了，根据举世闻名的"一万小时天才理论"，蛰伏二十年，已足够让一个人成为业界专家，乃至天才。

开始写作之后，我遇到很多作者。他们都有日常的工作和别的身份——公务员、中学老师、广告人、建筑师、淘宝店主……有时候深夜我找他们聊天，他们都还在写作。

不是不疲惫，不是不倦怠，只是总要付出些什么，才能得到公众的认可。
在你看不到的地方，有那么多人，在将骨感的现实填充成丰满的理想。

他们是从自习室出来，拖着疲累的步伐在漆黑的小路上走着的人，是那些想要改变就下定决心脱离温柔舒适的条件，在陌生的道路上披荆斩棘的人，是那些即使从事着最平凡甚至平庸的工作，但想到自己在做喜欢的事情便能发自内心绽放出微笑的人。

这年头什么毅力、勤奋、坚持之类的虚词儿大家都不愿听，但说实话，能支撑一个人野心的，除了天赋和才华之外，也就是这些虚词儿了。

所以当你抱怨梦想太遥远、现实太骨感时，不妨先将手头上的工作做到尽善尽美。

如果有一两个难以舍弃的兴趣爱好，不要只艳羡那些将兴趣演变成职业且做得蒸蒸日上的人，不妨挤出下班后的一点点时间，让兴趣变成工作之外的另一道光，即使不能带来实际的经济收益，也能变成贫瘠生活里有趣又持续的调味品。

我喜欢《他们最幸福》里大冰讲的一种“欲扬先抑的成长”，一个人在荒凉的道路上踽踽独行时的苦涩，以及那些恭谨的、严肃的、匆忙的、疲累的、了无生趣的、一点儿都不潇洒的日子，其实都是在为一个更美好和从容的明天积蓄资本。没有一滴汗水会白白流过，没有一个脚印会被泥土忘记。

终有一天，你会感谢它们，因为是它们造就了今天自信又淡然微笑着的你，也定将造就奔向开阔耀眼明天的你。

我想起读大学时，那个每天抱着吉他在宿舍楼顶唱歌的姑娘，她没做歌手，但在校园里大大小小的晚会上，她一登台就迎来全场欢呼。

如此规规矩矩的青春，唯独在那一首又一首歌的时间里，她的眼神里全是灿烂的星光。

而大学里的一位老师，在学界颇负盛名。即使他已经年届六十，仍然保持着非常严谨和刻苦的学术习惯。读论文，看英文，在厚厚一叠草稿纸上推导公式，做学术报告时瞳仁闪闪发亮。

他给我们开会，看着一帮年轻孩子蹦蹦跳跳地走进教室便感叹，一过五十，体力和精神劲儿都急剧下降。
但是，总觉得还是要趁着没有更老时，再多做点儿事情。

这几天，我和朋友又有了新进步。她每天下班后去上日语课，和年轻漂亮的日语老师成了好朋友。而我在纠结与挣扎过后又开始学注册会计师的课程和钢琴了。

我们都相信，总有一条路，能让骨感的现实靠近丰满的理想。

唯有爱值得深信不疑

五

我妈妈
她不写书

I BELIEVE

我爱她。爱她在静默岁月里的巨大隐忍，爱她偶尔的糊涂和傻气、永远的单纯与善意，爱她赐予我的血肉之躯和灵魂。

01

最近看了几个女作家的书，都是写给子女的。

龙应台的《孩子你慢慢来》和《亲爱的安德烈》里，安德烈从一个蹒跚学步、童言无忌的可爱婴儿变成眼眸深邃、忧国忧民的帅气青年。
六六的《偶得日记》和《小情人》讲述了她怀孕时的种种小事和儿子陈偶得的诙谐童趣。
新井一二三在《午后四时的啤酒》里也用不少的篇幅描写了一双可爱的儿女，说“六岁的哥哥与两岁的妹妹一起玩耍的情景，真是难以用语言描绘”。
池莉的新书《立》中，身为人母的骄傲和幸福更是洋溢在字里行间。

虽然没看陈丹燕为女儿写的书《我的妈妈是精灵》，但屡次看到她在散文里夸赞女儿的聪明、懂事和母女间融洽自得的情怀。

看到这么多母亲绵延几十年的爱意，它们以惊人相似的面孔在纸页上肆意铺陈，直到温存如盛夏的汁液一样饱满。
我妈妈她不写书，她只是个平凡人，她的爱却同样深沉和浓烈。

她没有需要钩心斗角的职场生活，没有可以短暂逃离的内心世界，她所有的生活都是围绕一家人的一日三餐、除尘洗衣、居家购物，日复一日，年复一年。
她所有的喜怒哀乐都离不开孩子的一个个笑容、一声声哭泣，以及孩子们漫长的成长中，让人提心吊胆的脆弱和焦躁的青春期里与她声嘶力竭的对抗。

02

我小时候是爸爸和奶奶带大的，因为她太严厉，所以总不太敢亲近。

那时候她还是小学老师，刚记事时我有一次跟她去上课，坐在教室的最后面，只见她怒目而视，教鞭“啪”地一声打在讲台上，全班噤若寒蝉，我不明所以，也暗自害怕。

每逢我犯错，爸爸百般包庇，而她总是唱黑脸的那个。

我出生不久后她进修了所谓的儿童教育学，于是我就成了试验品，让她得以一一实践那些不知是科学还是不科学的教育方法。

她给我列了名目繁多的规矩，比如不准看电视剧，只准看动画片，可动画片时间那么短，我只好去看书。当时热门的电视剧我一个也没看过，如今听朋友们聊天怀旧时我常常一脸茫然。
自打小学起，她就要求我每天写日记。

一开始认字少，汉字和拼音混杂，后来认字越来越多，她规定的日记字数也越来越多。
有一次，我去奶奶家过暑假，贪玩偷懒，有几篇日记只写了几行字应付，假期回来她检查的时候，愤怒地撕了那几页扔在地上，让我一篇不落地重写。

我也不知道那么“凶悍”、经常训我、偶尔打我的她，是如何在我一丁点儿都没察觉的时候就变成了一个慈母。
反正电视剧里演的“当青春期遇见更年期”没有发生在我家，因为在我最叛逆的青春期里，她将“凶悍”变成了无处不在的包容，甚至不知多少次被我时时刻刻的不耐烦和莫名其妙的坏脾气伤了心。

上了初中后，我经常生病，喝了好几年中药。
那时候太任性，喝之前怕苦怕烫，每次都是她熬好之后先尝一口说“不烫了”，才交给我捏着鼻子喝下去，所以我喝了多少碗中药，她就尝了多少个又苦又烫的第一口。

后来读高中，我成绩差得一塌糊涂，她比我还悲伤还难受，每每提起那段经历，她总固执地觉得是那段难堪的生活让我性格大变。

也许是因为学习压力大，我总没完没了地头痛，她不理解这种疼痛源自哪里，又是怎样的不堪忍受，只能一边看着我吃药一边说：“如果我能代替你头痛该多好，我又不用学习……”

读大学后，世界广阔斑斓，我急不可耐地去探索未知的未来，从未回身看看她一成不变的守护和日渐刺眼的华发。

每次假期回去总忙着找同学聚餐，她在家等我吃晚饭，等到天色漆黑。我回家之后她却表情如常，就像以后的那么多年里，她未曾有一刻在等待和想念一样。

大四那年的冬天寒气逼人，她知道我考研力不从心，在家默默地对着日历数日子。我败北回家，她说自己前一晚深夜做梦，恍惚间看到我站在门前，惊问我怎么没去考试，却只见我眼泪簌簌滑落。

我从来不知道自己所有的重负她都感同身受，所有的波折她都如同亲历。离家这么多年，尤其是工作之后，我回家的日子屈指可数。

她眼看着女儿离她越来越远，她时时刻刻都处在一边希望女儿走得更远，一边渴求女儿能留在身边的矛盾里。她自然希望女儿优秀耀眼度过闪闪发光的一生，却又生怕没有她的守护，这残酷的世界会让她的女儿吃尽苦头。

这种矛盾让她的爱如此沉默。她要孤独填补所有女儿远行的空缺，又要给她前行路上最温柔熨帖的鼓励。
再没有第二个人有如此繁重、日日拉扯的心思。

03

上次偶然和一个朋友的妈妈吃饭，说起这个朋友的过去。

她妈妈说："她高中的时候成绩多优秀啊，所有的老师都说她考清华、北大绝对没有问题，可是高考就是差了那么一点点分，最后只能上了某大，结果考研的时候又被调剂了，你说这个孩子怎么就这么不顺……"
酒过三巡，这个原本一直笑意盈盈的妈妈讲到这里，眼底全是没来得及落下的泪水。

很多时候，就连我们都忘记了那些生活里的创痛和像是命中注定的遗憾，唯独妈妈，她为儿女记得全部的不甘，记得全部的伤痕。

因为那些痛苦若是扎在我们的身上，简直就要十倍百倍地扎在妈妈心里。命运若施加难处给她的孩子，她就永不能原谅，永不能释怀，永远要向命运讨个说法。

后来的后来，晚宴散席，那个妈妈脸红后悔，有些羞赧地说："你可不能让她知道我喝醉了。"
我至今仍然感谢她，她让我看到了儿女不在身边时一个母亲最脆弱的一面和最坦白的心思：时时刻刻都在守护与凝望，分分秒秒都在付出与奉献。

母爱至深至沉，只可惜你永远看不到她最爱你的时候。

因为她必须表现得更坚强、更有韧性才能做呵护你一生的港湾，她得用细嫩双手和纤细身躯将你的世界打造成铜墙铁壁，她得做一切伟大的事情来匹配"母亲"这带着全部荣光、写满她朴素一生的二字。

04

前段时间看小说《东京塔》，作者说：“所谓的母亲，是没有欲求的。我的孩子将如何伟大，会如何富有，都不重要，心底深深希望的是，他每天都能健康快乐。就算有再昂贵的礼物，也不及我的孩子可以心地善良、幸福美满地度过一生。”

我知道我妈妈最宽宏的梦想也不过如此，胜过锦衣玉食，胜过她在为人之母前希求的一切。

我妈妈她不写书，所以永远都无法像那些女作家一样，用文字来记录十月怀胎时无从逃避的苦楚、初为人母时从天而降的幸福，以及以后的几十年每一丝每一缕为女儿祈祷的忧思。

她又和全中国所有的普通妈妈一样，悲伤深埋心底，喜悦稍见眉梢，连过分的亲昵都会刻意收敛。可是这一切都不妨碍她给了我最好的母爱。

这一切也不妨碍我爱她。爱她在静默岁月里的巨大隐忍，爱她偶尔的糊涂和傻气、永远的单纯与善意，爱她赐予我的血肉之躯和灵魂。

或许有一天我会写一本书给她，倾尽余生，为这绵延一生一世的恩情和厚爱，为这血浓于水、浓于世间万物的温柔羁绊与不舍牵连。

他们去了春天吗

I BELIEVE

我颓然坐下，眼泪流了一脸。身边的路人投来诧异的目光，但我放任自己痛痛快快地哭着，像一个再也回不到故土的异乡人。

阳光和煦，和他们离开的春天一样。风也和我的眼泪一样温热，和小猫磨蹭我手背时的触感一样温热，和爷爷满脸的皱纹、笑意一样温热。

我曾有过一只小猫，在我十岁的时候。

准确地说，那不是我的小猫，是爷爷的。

我是回乡下陪爷爷、奶奶过暑假时见到的它。

爷爷那时候七十多岁，身体硬朗得很，在田野里的小路上走的时候脚步生风。

他很瘦，是个“活泼”的老头儿。

他把捉来的大螳螂放在我手里，在我被它的钳子抓得哇哇大叫时幸灾乐祸地笑着。

和我比赛谁吃饭快，却趁我去洗手时偷偷地将我已经喝了大半碗的粥重新盛满，让我一个暑假就会长胖很多。

我们一前一后走在酷暑中因为久未下雨而干涸的河床上，他戴一顶磨坏了边儿的斗笠，我小心翼翼地揽着裙边，避开毛茸茸的杂草。

小猫没有名字，爷爷就叫它“小猫”。

它全身雪白，没有一丁点儿杂色。

那时它还很小，只能吃很软很碎的东西，走路跌跌撞撞的，看到大狗甚至大老鼠都会很惊慌地藏起来。有人走近，它的眼睛便湿润地看向别人。

我的小伙伴故意大喊一声吓唬它，它被吓了一跳，脊背拱起来，全身的毛微微地炸开，发出一声胆怯又委屈的呜咽。更多的时候，它很安静地睡在爷爷的掌心里，小小的身体盘成一个团儿，像雪球一样。

那个暑假，我写的日记大部分都和它有关。
我趴在窗前的小桌上，连风都很闷热，知了的叫声此起彼伏。

我在方格纸上写“小猫玩毛线球”，它就在旁边在爷爷丢给它的一团旧毛线中滚来滚去。
我或者写“小猫喝水”，因为看到它将脸埋在碗里，粉红色的鼻尖抵着碗沿。
我更多的时候是写“小猫和爷爷”，看着他将它抓起来，泡在水盆里洗澡。它可怜兮兮地挣扎着，又狼狈又尴尬。

我写日记的时候，它无所事事，便蹲在小桌上歪着头看我，有时还会伸出爪子好奇地碰碰我的钢笔，碰一下，然后又不好意思地缩回去。

爷爷也无所事事，他给我做了架小风车，拼命地鼓着腮帮子吹气，试试到底能不能转起来。或者领我去摘红的辣椒和绿的豆角，尽管我只会坐在树底下看着。

几场大雨过后，那条大河里的水几乎就要漫过河岸。他教我用报纸折了很多小船，看着它们在水面上歪歪斜斜地漂远。

夏夜，我们在石桥上乘凉，墨蓝的天上有很亮的星星，有时还有月亮，我便想起更小的时候他教我背的童谣：“弯弯的月亮小小的船，小小的船儿两头尖，我在小小的船上坐，只看见闪闪的星星蓝蓝的天。”

我抱着小猫和爷爷一起坐在桥头上，直到晚风变得微凉。

后来小猫长成了一只大猫，仍然全身雪白，仍然被爷爷唤作“小猫”。

我见过它在院子里抓到一只麻雀，也见过它叼着小老鼠趾高气扬地走过。

它经常在房顶上睡上一个下午，等到黄昏时从窗前一跃而下，杨树叶在风里哗啦啦地响着，它跳到地上时会伸一个夸张的懒腰，舒展开四肢，回头瞄我两眼，然后优雅地翘着尾巴走开。

再后来，它做了妈妈，生过很多小猫。

那些小猫没有一个像它一样全身雪白，但它们的样子更可爱。有的是四只爪子上各有一撮黑毛，有的是背上一条很长的黑线，有的是两只尖耳朵像被染成了棕色。

恰好又是一个暑假，它刚分娩结束，我战战兢兢地走过去看。只见三只头顶都有一块灰毛的小猫正偎在它身侧。

听到脚步声，它抬起头，定定地看着我。我的心里突然溢满了一种异样的疼痛，原来一个母亲的眼睛是这样的。原来它知道了，它们终将分离，也许此生不复相见。

爷爷说，它生的第一窝小猫被送走时，它一急，尖利的爪子抓在了爷爷的手背上。但后来，它大概习惯了，所以只会哀哀地看着，或者别过脸去。

每一个夏天都很热。它的胡须抵在小猫耳朵上，小猫舒服地翻过身体来，它们在大太阳底下挤成一团。

过了几天，去领养小猫的人从它身边将小猫抱走。
这次它没有凶，和我一起在屋檐下坐了很久。

我们静静地待着，看爷爷蹒跚着走进走出。
爷爷更老了，胡子变得花白，走路时不再脚步生风，有时会咳嗽，驼背越来越厉害。
我们静静地待着，直到夕阳只留下一抹残红。

它是在一个春天走丢的。那天，天很黑了它还没有回家，爷爷找了好几圈也没找见，就以为它在外贪玩。可两三天过去了，十几天过去了，它仍然没有回家。
爷爷顺着长长的河岸找它，他走得很慢，眼光扫描着一切可疑之物，用混浊的声音唤它："小猫，小猫。"

它就这样失去了踪影，再也没有回来。我甚至没留下一张它的照片。如果没有用来喂它的那个破旧的餐盘，我会怀疑它是否来过。可它明明来过，在小学五年级的日记里，在那么漫长的回忆里。

自那之后，我常常想起它来。想它是不是在陌生的路上淋着了大雨、遭遇了寒风；想它是不是被人戕害，用它不再年轻的身体殊死抵抗；想它是不是已经在异乡冰冷的土地上化为尘泥。
年少的我第一次生出如此细密绵长的挂念，和无能为力的悲哀。

又过了几年的一个春天，爷爷也离开了。
我在上大学，请假回家去看他时，他已经不太好了。他没有生病，只是太老了，老得不愿睁开眼睛，也不愿说话。

那个小院子里仍然有高耸的杨树，他在树影下坐着。
阳光洒下来，将他花白的胡子照得刺眼。
我搬张小椅子坐在他身边，问他要不要喝水，他恹恹地答复，含混不清地吐出几个字便垂下头去。

我不忍看他浑浊的双眼，跑到大河边哭了一场。
在空无一人的山谷里，我好像看见他正拿着那个旧的纸风车快步走过来，也好像听见他在抚着我的短发告诉我别哭。
因为学校有考试，所以第二天我便走了。
就是在火车上的那个下午，他永远地闭上了眼睛。

他们没告诉我，只说爷爷已经好起来了，等着我回去。

我没能参加那场葬礼，后来也倔强地不去看他的墓。我以为这样，就可以欺骗自己，他并没有去往另一个冰冷的世界。他只是和小猫一起走失了，走到了一个异次元的平行宇宙。那里也有屋脊低矮的老房子和白杨树哗啦哗啦作响的小院。它又团成一个雪球，卧在他宽大的掌心里。他们一起在暖烘烘的阳光下眯着眼睛吹风，他头戴一顶难看的帽子，但不妨碍他哈哈地笑着。它还是优雅地翘着尾巴，有点儿看不起人似的斜睨你几眼。

我以为这样，就可以欺骗自己，只要我回去，只要我再回到那座老房子里，还能见到他——那个我总能梦见、让我在深夜里惊醒泪湿枕巾的老头儿。

三月的一天，陪朋友去医院体检。
她来得晚，于是我坐在医院门外的长椅上等她。

医院门前路窄车多，人来人往的街头，声音嘈杂刺耳。我突然看到一个老爷爷正慢慢地从马路对面走过来。他的怀里抱着一只雪白的小猫，苍老的手搭在它身上。

虽然隔得远，但他们的眼神都直直地看着我，像要穿过汹涌的人群走向我的灵魂一样。我凛然一惊，慌忙地站起来。可再看时，车如流水，视线里只剩一辆公交车慢腾腾地开过。

我颓然坐下，眼泪流了一脸。身边的路人投来诧异的目光，但我放任自己痛痛快快地哭着，像一个再也回不到故土的异乡人。

阳光和煦，和他们离开的春天一样。风也和我的眼泪一样温热，和小猫磨蹭我手背时的触感一样温热，和爷爷满脸的皱纹、笑意一样温热。没人知道，在那一个恍惚的瞬间，我还以为是他们一起回来了。

以后，
换我来守护你吧

I BELIEVE

在这个世界上，谁能够代替你呢？代替你对我的宠爱、深爱甚至溺爱，代替你逐渐混浊的嗓音和斑驳花白的头发，代替你永远温暖的怀抱和仿若含泪的眼神。

在这个世界上，谁能够代替你呢？代替你最深沉最无私最不求回报的爱。

01

你又生病了。

爸爸把你接到家的时候，你已经不能自己走路。我慌忙上前搀扶你，你佝偻着脊背，身体像纸片一样薄，面目灰黑，三叉神经疼得让你的右半边脸几乎僵硬，你的嘴唇哆嗦着，几乎叫不出我的名字。

我的眼泪溢满眼眶。

02

你已经83岁。我常常忘记这个事实。

觉得你应该还是十年前，或者二十年前的样子。体力充沛，健步如飞，能耕种农田，能挑水做饭，在燥热的夏季午后抱着不爱睡觉的妹妹一圈一圈地走，直到她睡着。

也许于你来说也是这样吧。难怪我已经二十多岁，你还一直当我是孩子。我小时候是你带大的，跟在你身边的时间远比在父母身边的时间都要多。

你牵着我的手走街串巷，碰到沿路叫卖冰糖葫芦的小贩总要讨价还价，然后挑一支最红最甜的买给我吃。

你带着我回娘家，在路边看着运煤车轰隆轰隆地开过，我脚上的一双红鞋被蒙上一层灰尘。我们在月光下散步的时候，你教我念“月亮走我也走，我和月亮交朋友”，夜色温凉如水。

春天夜半乍然的惊雷，初夏布谷鸟清脆的声音，晚秋熟透了的山野，深冬一推开屋门大地尽成茫茫白色。

若无你，四季哪能如此分明。故土万里，水远山长，全是你带我用脚步丈量过的世间万象。

小时候看童话书，书里总有恶毒的后母、冷漠的国王和不怀好意的陌生人。可“祖母”这一角色但凡出场，总是以“慈祥”为前缀。

《海的女儿》里，小人鱼的老祖母耐心地给她讲陆地上关于船只、城市、人类和动物的一切。《白雪王后》里，加伊和格尔达的祖母在阳台上种满娇艳欲滴的玫瑰花，在晴朗的盛夏里教他们唱诵圣诗。

你不识字也不会写字，我看书时你总在旁边乐呵呵地做针线活，蜜糖色的阳光洒在你的面庞上，和所有童话里写的那样，全是无尽温柔岁月。

乡里邻间，你待人总是那样和善，走到哪里都是面带笑意。你在那个村庄里过了六十多年，从未与任何人结仇结怨。

别人家大张旗鼓的争吵甚至打骂，在我们家从未发生过。你的温和不是对抗世界的武器，却成了征服世界的秘籍。尘世纷纷扬扬，你却一生稳妥，总能悦人耳目。

03

你16岁时就嫁给了爷爷。爷爷家离你家太远，那时又没有像样的交通工具，回趟娘家千辛万苦。

爷爷家很穷，你要照顾好几个老人，还有爷爷年幼的弟弟们，是和母亲一样的长嫂。我想想自己的16岁，不过是每天担忧数学题不会做，所以从来想象不出你所受的艰辛。

你生了8个孩子，两个早夭。你提起他们时好像那是很远很远的事情，但我能看到你眼睛里一闪而过的痛楚。

抗战、饥荒、大锅饭……那些只在历史课本中出现的词汇，于我们而言，只是为准备考试必背的知识点，可于你，却是漫长得好似永无边际的苦难。

你年轻时有张照片，美目绛唇，黑发如漆。就连现在，你还是一个干净整洁的老太太，安详静柔，受人敬重。

我有时候想问问你过去有多难，想问问你是如何把那些悲伤变成了如今不留痕迹的平静，可如今你的听力已退化到我要扯着嗓子喊话你才能勉强听清。

岁月残忍地让我们有了隔阂，我尽情地享用着你的宠爱甚至溺爱，却从未为你分担过哪怕一丝一毫的痛苦。

后来举世皆成太平，你终于得以一粥一饭安守岁月。没料到大姑却因病去世，家里人瞒了你很久，但终究瞒不过。那时你住在乡下的小姑家，不知怎么发泄悲伤，只好在漫长的田埂上一直走一直走，眼泪倾盆，不知归处。

隔了一段时间我去看你，只见你的头发像打了霜，短短几天便白了一大片。人们都说，最痛苦的事情莫过于白发人送黑发人。

很少聊起过去的你絮絮叨叨地跟我说：“我大女儿跟着我这个娘不知受了多少苦，刚等来好日子却又没有福分享受……”

在你心里，子女如山。你用半生辛劳拉扯着他们成人成家，又用另外的半生忧心他们是否日日康健。

小时候总期盼着长大，赚钱给你买好吃的、好穿的。如今我终于长大了，可你却年复一年穿着同样的旧衣服，别人探望时送的特产你要留给我，每次见到我你都忙不迭地做饭，亲眼看着我将满满的两碗粥喝下去之后才肯放心。

我多么想你再自私一点儿，不要再惦记这些日日忙于工作的子女，也不要再惦记这些远走高飞、甚少回来看你的孙子孙女。

可那怎么可能呢？逢年过节，你仍然数着日子盼望孙子们归来。表姐远嫁，你站在起风的路口看着她坐的车子在尘土里走远。你怕有生之年再也无法见到她，站在寒风中望着早已不见车影、人影的路口涕泗横流。

你如今仍在日日忧心，即便你从不能听清电话里说的什么，也看不清电脑和手机屏幕里他们新上传的照片，但你仍然费劲地想从旁人的只言片语里揣测一些孙儿们的近况，以慰心安。

04

我怕你离开我。

这几年爷爷、外婆相继去世，再加上你越来越频繁地生病，我开始陷入了一种前所未有的恐慌。这半年太忙，我很久没见到你，偶尔做梦，梦见你不在了，呜咽着醒来，梦里的绝望仍然在捶打着心脏，黑夜里失声痛哭。

我想起我小时候，有一段时间经常生病。一个早晨，你坐在床沿发呆，我问你怎么了。你说做噩梦了，梦见有人要抢走我，你拼了命才把我夺回来，结果回家的路不知为何洒满了玻璃碴。你光脚抱着我，走啊走啊，走得满脚是血，可是怀里的我却怎么也叫不醒……

我也常常梦见更小的时候。你还没有那么多白发，用很亮的声音喊我的名字，坐一辆破旧的巴士带着我远行。路边是青翠的山野，你的双手环抱着我，温暖的下巴抵在我的发间，笑声飘得又高又远。

我知道死亡是命定的终点，世间众生皆无法逃脱。可我不知要用多久才能习惯一个没有你的世界。

在这个世界上，谁能够代替你呢？代替你对我的宠爱深爱甚至溺爱，代替你逐渐混浊的嗓音和斑驳花白的头发，代替你永远温暖的怀抱和仿若含泪的眼神。

在这个世界上，谁能够代替你呢？代替你最深沉、最无私、最不求回报的爱。或者是，仅仅代替“奶奶”——这个如此温暖足以让冬日寒冰融化的称谓。

以后，换我来守护你吧。

有一种美好
叫闺密

I BELIEVE

我多么庆幸，能在茫茫人海中遇到另一个自己。
只有她知道，你灵魂的重量。
只有你明白，她那一瞬间的悲哀或欢愉是为何。
是她让你变成更好的人。

01

遇见一个人然后生命因此全都改变，原来不是恋爱才有的情节。

02

前段时间重温了两部关于闺密的电影，一部是美国的《牛仔裤的夏天》，原名叫“The Sisterhood of the Traveling Pants”。说到“sisterhood（姐妹）”，另一部韩国电影——《阳光姐妹淘》，述说了七个姑娘组成的小团体那场跨越了25年的sisterhood（姐妹），看起来更不朽和传奇。但看着那些让人心惊胆战的校园暴力、女生群挑带来的难以愈合的伤痛，我还是更喜欢《牛仔裤的夏天》里那些虽然微妙但直抵人心的温柔细节。

对大部分在平静校园中长大的我们而言，闺密不是时不时地打群架，不是校园阴暗角落里为彼此两肋插刀。而更像是《牛仔裤的夏天》里彼此写的简短又温暖的信，坐在地板上一起打开膨化食品包装袋时“嘭”的轻响，闹别扭后愤然转身，没几天又和好如初的小情绪，还有推推攘攘大笑大叫着走在路上的热闹和烟火气。

一晃二十多年，闺密必定是每一个成长阶段里必不可少的一部分。原本是陌生人的我们当然也不是一开始就熟稔的，但总有妙不可言的契机。

放学回家走的路是相同的方向，坐前后座难免会在下课时展开一段聊天，体育课打排球恰好被分到了一个组，甚至总是不约而同地坐在食堂的某个角落。

从少女到学姐再到阿姨，人生中永远不变的事情便是身边总有至少一个相同的少女、学姐和阿姨，让你时时刻刻有机会和她们一起交流从小学到大学、从象牙塔到名利场里痴迷又哀伤的一切，或者一起期待一个少男、学长和大叔闪闪发光的大驾光临。

漫漫人生路，很多热闹和繁华背后，导演和编剧是你们，甚至主角和配角也由你们一并兼任。

难怪范范唱：“我们一个像夏天一个像秋天，却总能把冬天变成了春天。”

难怪SHE唱：“朋友、姐妹，都已不够来形容，我们的默契骄傲、扶持与包容。”

难怪梁静茹唱：“在我生命里，你不曾告别也不曾远离。”

03

我最好的闺密是小煜。她和我是大学同学，住对门宿舍。但是直到大三上学期我们才开始成为好朋友。

起因也很简单，不过是偶然地一次聊天，发现同读金融学的我们，一个更想学历史一个更想学中文。然后又发现我们都喜欢三毛、龙应台、安房直子、米兰·昆德拉、《生活大爆炸》，后来便顺理成章地成了朋友。

小煜最敬重的人是她的高中历史老师。因为她是返聘教师，在学校里德高望重，又对学生无比慈爱，所以小煜和她的同学都很亲切地称呼她为“老太太”。

一个周末的下午，我陪小煜一起去看她。春日融融，相谈甚欢，最后她问到我们对未来的规划时，突然说了一句："孩子们，重要的不是你身处何处，而是你要往何处走。"

我至今都记得她温柔的眼睛，声音不大，但却像雷声一样在我的心里回荡。回去之后我把那句话写在日记本的首页，像一个郑重其事的宣誓。

后来我考研，小煜准备出国，在无数难捱的日子里，每次与这句宣誓的凝望，都能支撑我们举步维艰、摇摇欲坠的路程。在之后的几年里，每逢要做选择，我也总会想起这句意味深长的话语。

是那简单的两句话，和那声语重心长的"孩子们"，让我觉得老太太一直注视着我，告诉我即使身处再贫瘠的环境中，都不能丢失心底根深蒂固的愿望，更不能黯淡那束眺望远方的目光。

在《1Q84》中，村上春树写了青豆和她此生唯一的挚友大冢环，每次读起都让人怆然欲泣。青豆小学毕业便与家庭决裂，而大冢环家庭富有但父母离异，未曾从家庭中获得过一丝温暖。她们在大学的棒球队里相遇，从此相依为命。大冢环不仅慰藉了青豆孤独的灵魂，还教给了她种种必要的技能。甚至她离去之后，青豆仍然感觉她还在自己的血肉之中生生不息。

虽然我们都健康地成长于平和完整的家庭，但是小煜给我带来的改变，和大冢环给青豆带来的改变如此相似。

她英语很好，复习GMAT（经企管理研究生入学考试）的时候带我上词汇课，从那之后我的词汇量突飞猛进。她古筝造诣颇深，我那一丁点儿音乐知识几乎全部来自于她。她带我见识了各种时装品牌，教我化妆护肤穿衣健身。她和我一起读卡夫卡、加缪、博尔赫斯，给我讲了无数个我闻所未闻的历史故事。

她去美国之后，在北卡罗来纳州读书，跟我讲她住的城市夏洛特夏季的台风、草地上的松鼠和点缀在森林里的小教堂，讲她终于去了捷克，走进了我们在图书馆翻过好多遍的图文书《你的萨宾娜，我的卡夫卡》里的风景，讲她在东京看到了一整片炫目的灯火。

所以我非常感谢她。因为她，我在原本孤独寻找的路途上有了如影随形的旅伴。也是因为她，因为她让我认识的人，因为她让我阅读的书，我开始迅速地成长起来，推开了一扇更深刻和清醒的大门。

我想再也没有第二个人像她一样了，陪我在树荫下等暗恋的男生走过，坐在走廊的窗台上一边吃薯片一边给我讲《十日谈》里的每一个故事，给我打半宿的越洋电话，让从来没有出过国的我，借着她的眼睛，看到了全世界的光。

当然了，我们仍然不同。

比如，她宁死不看村上春树的书，虽然我已经给她推荐了一万遍。但是村上春树出了新书《当我谈跑步时，我谈些什么》时，她第一时间便买给了我。
比如，我受不了她说话口无遮拦，常常让人躺着中枪的直性子。但是当别人当着我的面这样说她时，我忍不住就要顶几句为她辩驳。

我多么庆幸，能在茫茫人海中遇到另一个自己。
只有她知道，你灵魂的重量。
只有你明白，她那一瞬间的悲哀或欢愉是为何。
是她让你变成更好的人。

小时候看电视剧《十七岁不哭》，讲一群高一孩子的成长故事。对其中一集的画外音印象特别深刻，大意就是，长大了我们才能分辨玩伴和朋友的区别。

可我觉得，从玩伴到朋友，那不是一种分辨，不是一种选择，而是更为珍贵和美好的遇见。我的闺密不止有小煜，还有在成长中各个阶段出现、自那之后再也没离开的姑娘们。

相比“闺密”这个柔软的称呼，我们其实更像是战友，冲锋陷阵，轮流挂彩，在泥泞的战壕里边擦拭伤口边相视而笑。或者，我们更像是彼此残酷青春里的镇静剂。
失恋时抱头痛哭，考试前互相加油，手拉手走过孤独的原野或寒冬的雪峰，在满目疮痍过后见证着彼此或微弱或灿烂的荣光。

04

愿天下所有的闺密都一起成长，一直深爱。

宇宙洪荒，来日方长，我仍然需要你和我一起，被写入同一支序曲。将放肆的热情燃尽，白发苍苍之时躺在摇椅上，就着西沉的斜阳，将半生的回忆泡一壶茶香。

I BELIEVE

谢谢你来陪我
举重若轻

这些年来，你总救我，于水火，于乱世，于他人口舌，于迷途风雨。

人人都说，异性之间没有真正的友谊，可我们之间，从无风月，只有懂得。

如果可以用食物来形容一个友人，你定是一碗白粥，足够熨帖肠胃，永不腻烦。

王啸，微凉的秋夜收到你的邮件。你坐船夜行，邂逅太平洋上的一座岛屿。浮云缭绕，海上风急，你们在静默中对视，涌上心头的，却是和潮水一样声势浩大的震撼。
你发了数张照片，字迹却寥寥。

作为一个标准的理工科男生，你在实验室里游刃有余，却不太擅长写字。所以我常常想对你说感谢，因为我们认识之后的这十年里，从高中课堂上背着老师传递的小纸条，到大学时通过绿色邮筒投递的信，再到如今的电子邮件，你不知写过多少字给我。

又是一个九月，你习惯了称其为“多事之秋”。我也一样，有时为晴空下的风和日丽而欢悦，有时心底却莫名哀戚。
你去了英国读书之后，我们已经很久没有见面了，所以照片里那张明明很熟悉却略微陌生的侧脸让我有些恍惚。

十年前，你才只是一个十五岁的少年，没有这般硬朗的线条，眉眼之间是你想要佯装大人却还是带着孩子气的稚嫩。
我想起那个和今天一般天气清朗的秋日。我们还在高一的教室里，你将又一张小纸条放在我桌上时，顺带放了个信封。

我看着手里的化学课本，眼皮都没抬一下。旁边有同学不小心笑出声来，你尴尬地站了几秒，便坐回了我后面的座位。
我收起化学课本，取出下一节课要用的语文试卷，顺便把那张小纸条连同信封一起扔进了旁边的废纸篓里。

你大叫一声，把桌椅踢得震天响，忙不迭地冲到我身边将信封从垃圾桶里抢救回来，边抖信封上的碎纸屑边喊："你，你，你会后悔的！"我在心里哼了一声，心想，我交你这个朋友才会后悔吧。

是的，我已经跟你冷战十天了。

我知道，对于你这种总是考年级前几名，纠结着是考清华还是考北大的人来说，那么简单的物理题，全世界的人都应该能做出来。但你不应该当着那么多人的面指着我的试卷说："这你也做错，白痴都能做对！"

后来我回想，也许你的语气是带着调侃和玩笑的，可你一定不知道我在那个全市唯一的理科实验班里，原本成绩出众却突然落到倒数第六名的惶恐。

每次考试之后张贴在教室最前面的名次表已让我无法抬头，你这句话成功地变成了期中考试之后压垮我自尊心的最后一根稻草。

没想到你智商够高，反应却如此迟钝。之后的半天，你坐在我后面，怎么喊我，我都不回头。

你纳闷地走到我面前，居然无辜地问我怎么了。看着你欠揍的脸，我百口莫辩，稀里哗啦地哭起来，你才意识到自己哪句话说错了。

那时候的我还不像现在这样，容易原谅，容易忘记。自以为受了天大委屈的我，在那十天里既不理会你塞过来的小纸条，更不理会你大声讲给旁人实际上却是逗我开心的笑话。你居然还威胁我不要后悔，我当然不会后悔。我早就在这个所谓的实验班里待够了，分科之后，我们井水不犯河水，老死不相往来最好了。

你见我仍然没抬眼皮，坐定之后说了一句："行，你不后悔是吧，那我把照片还给季风了！"

我愣了一下，立马转身从你手里抢过信封。

季风，季风。听说每一个女生梦里都有过一个少年。

我的少年就坐在教室倒数第二排过道旁边的座位上，可我永远不敢回头看他。即使是转身跟你说话时，我也只敢用余光瞟两眼，所以经常受到你的鄙视。

你和季风是"青梅竹马"的兄弟，所以，我所知道的关于季风的一切都来自于你。

你们住在一个家属院，从小一起玩泥巴、踢足球。你们从同一个幼儿园上到同一个高中，分数考得不相上下，篮球打得热火朝天，在还不流行说"基友"的年代里，你们是当之无愧的"好基友"。

看了照片里季风深黑的眉眼后，我悄悄地将信封塞到书包里。

当然了，和你冰释前嫌倒不全是因为季风的照片，而是那之后你牺牲了很多打篮球的时间，给我讲物理题。

虽然在无数次考试的打击之下，我已经承认了自己是个丝毫没有物理细胞的“理科白痴”，而且已经自怨自艾到抱着“反正我要选文科，再考一个倒数第六名就可以解脱了”的想法，可你还是坚持不懈地给我讲公式，督促我做习题。

在你锲而不舍的帮助下，我终于在期末考试时由倒数第六名进步到了倒数第十名。在你死皮赖脸的撺掇下，我也终于敢在走廊里遇到季风时故作大方地打个招呼，虽然一转身便面红耳赤。

后来分科了，你和季风仍然留在那个全市唯一的理科实验班里，我去了文科班。有时候在食堂看到你和季风一起吃饭，你远远地叫我，我偷瞟一眼季风，还是慌不择路地扭头就走，被你一通耻笑。
我当然没有你洒脱。

你喜欢上隔壁班一个女生的时候直截了当地送了封情书过去，无奈人家没隔几天就有了男朋友。你碰了一鼻子灰，还一直否认自己曾送过情书这个事实。

我以为生活会一直这样下去。我们都将在高中的血水里浸泡几遍，然后成功地浮上岸，去大学里过自由自在的日子。我会跟季风表白，而你会追回那个隔壁班的女生。

直到高三刚开学，九月的那个星期四。

九月的秋天是个多么美好的季节啊。酷暑已逝，寒冬未至，到处都是暖融融蜜糖色的阳光。那天我像往常一样在早自习的课堂上捧着英语课本偷偷打瞌睡。我们共同的好朋友岿然走到我面前，哑着嗓子说："你跟我出来一下。"我不明就里地看着她通红的眼睛，出去前还吩咐同桌帮我把数学作业交上。

在学校小花园的长廊下，她哭着说："我告诉你一件事儿，你别难过。"

我猜不出是什么事情，对于那时的我来说，最大的事儿不过是考试考砸而已。

可岿然说："季风，季风没有了。"

"没有了？""没有了"是什么意思？

岿然满脸是泪，再也说不出一句话来。

我一路狂奔到你们的教室。最熟悉的那个座位上，书包文具都在，人却不在，整个教室里都是轻轻的抽泣声。

我只觉得，我等了有一个世纪那么久，才看到你出来，听到你跟我确认那个谁都不愿承认的事实。

是的，以前你就知道，他父母数年前离异，每每回家，锦衣豪宅，却从无温暖。就连我也知道，他这一年来，越来越沉默和安静，只有在跟你聊起周杰伦出了什么新专辑时才露出小时候单纯明媚的笑容，眉眼里全是浓黑得化不开的忧郁。

可我们谁也没想到他会忧郁致死。

谁也没想到俊朗堪称校草、成绩如此优秀的季风，会走上这条最让生者悲痛难抑的路。

我想象前一天的深夜，山顶的风有多冷，而吞下一整瓶安眠药的他是在如何剧烈的腹痛中告别人世，告别这个让他如此失望、抵死不肯停驻的人世。

最让我难过的是，就在前一天傍晚放学时，我还在学校门口和他擦身而过，我不好意思地笑了一下，他轻轻地点了点头。我未曾想过，那竟是最后一面。

作为日日朝夕相处的朋友，你比我更痛恨自己的迟钝和不尽责，原本云淡风轻的回忆通通变成了浓墨重彩的遗憾甚至遗恨，教室里那个空着的座位变成了我们心上的血窟窿。

那天的晚饭时间，我在教室里呆呆地坐着，听到教室后面几个同学在谈笑风生。一个说："听说是跳崖？"另一个说："不是吧，是吃安眠药死的。好像是为情所困，至于吗？天涯何处无芳草，哈哈哈……"

我被刺耳的笑声逼出了眼泪，跌跌撞撞地冲出教室，在教学楼顶空无一人的天台上瑟瑟发抖。这就是季风放弃的这个世界，难怪你如此决绝，从不顾念身后会有无限感念。

季风的母亲——这个失去了孩子却仍雍容华贵、冷静端庄的母亲来学校整理他的遗物，发现了一封他留给你的信。

你拿着信来找我，从未抽过烟的你在操场上不娴熟地点起了一支烟。你终究没在我面前拆开它，但回去之后你在宿舍里昏睡数天。

我央求另一个同学带我去了你的宿舍。昏暗的窗帘下，我叫了你好多声，你才从床上侧过身来，露出我从未见过的憔悴面容，眼眶通红，满面胡茬。

你没告诉我信里写了什么，我只看到你桌子上全是散落的照片。一张又一张，你们班的男篮比赛，季风搭着你的肩膀，剑眉星目，肆无忌惮地笑着。元旦晚会，他唱《断了的弦》，微眯着眼睛。

我不知道他写了什么，只知道我们都变成了另一个人。

我经久不看儿女情长。所谓青梅竹马，所谓物是人非，在生死面前不过淡如尘烟。你也再没有交往过密的朋友，多年情深，一朝变故，昔日欢颜皆成伤口。

那天之后，你慢慢好了一些，给我写了封长信。

你说，虽然你有万分不解，但你尊重他的选择。这世间万象，比车轮转得还快，终有一天，他曾经活过的痕迹会被时间冲刷殆尽。但还好有那些回忆，你要帮他记得，他也曾那样恣意昂扬地活过，也曾是一个少女眼里最不可多得的风景。

信上的字迹凌乱地晕开了，是你的眼泪吧。
我躲在卫生间里看着，痛痛快快地哭了最后一场。

季风，他当真是一场仓促的季风，让我们在如此轻的年纪里便去思索生生死死的意义。
这世间，催人长大的方式有千千万万种，可这真是最残忍的方式。

我才知道，这世间，竟真的有一种告别只能是“又想了一遍你温柔的脸，在我忘记之前”。
当然了，身处高三的我们并无过多的时间悲伤，在每一分钟都被模拟考试分割殆尽的时光里，在我们俩都因为月考名次骤降而被班主任训话时，悲伤是一种奢侈。

我每天的早自习都困得睁不开眼睛，但我们还是经常见面，上午第二节课后休息时一起去小超市买东西吃，晚自习下课之后你有时候陪我去车棚骑自行车。

你也还是老师的掌上明珠，被寄予冲击名校的厚望，但我知道，你的压力增大了许多，明显不再是高一时随便考考便无须在意分数排名的潇洒少年。

转眼年就过去了，每个教室的后墙黑板上都写上了高考倒计时的数字。我第二次考出班级第一名之后，你送了我一本相册。扉页是人大的校门，再翻，全是人大的风景。

一张又一张照片，翻到最后一页，照片里只有一片翠绿的草坪，你写了五个字：九月这里见。嘈杂的课间，我枕着胳膊，眼睛酸痛。

纵然你再嘲笑我是“理科白痴”，也只有你愿意听我痴人说梦般憧憬自己未来也许会在人大开始新生活。

在最苦涩的高三里，那本相册变成了我的一颗糖，比班主任天天写在黑板上的励志标语更能给我强撑着沉重的眼皮打开一本习题册的动力。

转眼高考，结局是，你果然不负众望，分数远远超过了所有人的预期，高到你可以选择任何学校的任何专业。而我，只考出了一个差强人意的分数，和人大的录取线隔了十万八千里。

全家人都热火朝天地张罗着给我报志愿时，我哭着给你打电话，说想要复读。

你家住得远，但你仍然赶到学校，先是劝我不要复读，随后又在全家人都犹豫不决的两个学校里帮我敲定了其中一个。

事实证明你帮我做的决定如此正确，让我在那个学校度过了最淋漓尽致、了无遗憾的大学四年时光。可我从未跟你说过，高中毕业之后我从那个阴暗自卑的躯壳中蜕变出来，之后的乐观与开怀有那么多是来自于你。

这十年间，旁人只见你意气风发，一路名校，满志踌躇，却鲜有人知道你也有那么多颓唐不安的时刻。而那些成长的困惑于你而言，不过是一支烟的工夫。

后来，我再没见过谁磊落、坦荡、向上如你，也再没有谁如你一般，给予我如此多的收获和懂得。

二十岁那年，我陷入一段自作多情的苦恋，忐忑不安地等他下课出门，等他回复短信，等他拼命向前奔跑时转头看一眼亦步亦趋的我。

最失望的时候，我在心里暗暗发誓："走吧，走吧，再不要回头。"可眼见他郁郁寡欢，我纠结踟蹰，还是要走上前去。我无意为他锦上添花，却执念于雪中送炭，即便路途凄寒。

我原本无意跟你倾诉这样的心思，是你看出了我持续近一年的患得患失。

那次，我们许久未见面，故乡小城的街头，我的眼泪让面颊湿了又干，干了又湿。哽咽着问你："是不是因为季风，我才如此惶恐，惶恐此刻未说的话，再不能有机会说出，惶恐此刻未给的温暖徒留万千遗恨，惶恐才一转身便是海角天涯，万劫不复。"

提到季风，你也沉默了，那些陈年旧事和暗黑伤疤在起风的夜里一起席卷而来。

你陪我走了好久，说的话却寥寥。你不像《失恋33天》里的王小贱，在深夜的街头一巴掌打醒那个追着逝去的爱情失魂落魄的女人。你只倾听，然后等我自己冷水浸头，在空无一人的街头豁然清醒。

不知在暗夜无月的道路上走了多久，我才终于知道，脆弱时的眼泪并不可耻，爱而不得总好过再无爱的能力。也终于明了，这世间最最重要的一课，不是如何爱别人，而是如何爱自己。

你待我清醒之后又说，You deserve better（你值得更好的）。
是的，你常常告诉我，You deserve better（你值得更好的）。

在我因被好友误会失去一段友谊时，在我找工作接二连三收到拒信时。这三个再简单不过的单词，却像符咒一样，给了我至关重要的信心，是你一遍又一遍地让我相信前路大好，千万不要沉迷于今时今日的失落。这些年来，你总救我，于水火，于乱世，于他人口舌，于迷途风雨。从季风离世到如今我们天各一方，中间趟过数不清的冰冷河流。生命有时如此沉重，我只想感谢你来陪我一起举重若轻。

有人跟我说“女孩子，何必要那么辛苦”，也有人跟我说“找个好人就嫁了吧”，你却明了我的一意孤行和热于远走，还用从未侧目的注视始终如一地鼓励着我。

人人都说，异性之间没有真正的友谊，可我们之间，从无风月，只有懂得。如果可以用食物来形容一个友人，你定是一碗白粥，足够熨帖肠胃，永不腻烦。

有一夜，长途跋涉之后回到家，被路途上突降的骤雨淋湿，困与倦一起席卷心头。我轻叹："不如就停在这个城市吧，直到老得再也没有抬脚的力气。"

隔着大半个地球的你很久之后才回复我："都是好的，都是好的。"

《圣经》里说，我又看见一个新天新地，因为先前的天地已经过去了，海也不再有了。所以，亲爱的孩子，也许一切的一切都已经过去了吧，正如眼泪归入无尽河流。

你好吗？遥远而未知的未来

六

好姑娘，
走四方

I BELIEVE

哪一场未得善终的初恋不是血肉模糊，哪一个女孩的成长史没有步步荆棘的泪痕。三千温柔丝，寸心知得失。我们错过了那么多，一回头，过去仿似白茫茫的雪地，脚印凌乱，旧人都变得身影模糊，只有暗夜里梦见时才心有余悸。

亲爱的倞毛坨：
你是我朋友里的第一个湖南人，所以认识你之后，我才知道湖南对孩子的爱称是在名字后面加“坨”或“毛坨”——这，让我一直难以接受，完全不能理解这两个字所代表的汉语语境。
所以你最开始要求我这样称呼你的时候，我不停地问你“tuo，哪个tuo？那个便便的量词？”你被气死了。

每次我故意跟你开玩笑气你的时候，你的表情都是一样。脸涨得微红，马尾甩一下。啧啧啧，我见犹怜。

你是个爱哭的姑娘。研究生开学报到的第一天，你妈妈告别回家，你一个人哭着从一楼爬到十七楼，在宿舍门口抹干净了眼泪才走进来。

所以当你拿着词典，很认真地跟我解释你的名字说“倞者，强也”的时候，我扑哧一下就笑了。
因为在我面前的是一张娃娃脸，直刘海配小马尾，衣服也是娃娃领，这儿一个兔耳朵，那边一个小熊猫，背着米奇头印花的双肩包，挂个水杯滴滴答答地走在路上。
嗯，好像不是那么强。

我那时还不知道你可以口若悬河地讲几个小时经济思想史，外教老爷爷有事出差不能上课的时候，身为助教的你也完全能在课堂上独当一面。
你把倔强和坚持藏在很深的心底，一脸淡然好似昨日风雪全然无影无踪。

所以三年之后，你找工作放弃了家乡小城，远赴深圳，奔向汹涌人群的姿势毫无一丝怯懦，而我亦不讶异于你的选择。
据守一方安逸哪是你的终点，满世界的星光都在鼓动着你跃跃欲试。

你离校的前一天，我们在宿舍喝酒聊天。
你说：“我来这儿这三年，不仅学会了喝酒打麻将，各种段子都能秒懂了。”
四个人哈哈大笑。

而我只想起，你第一次独自拜访客户那天遇上大雨，湿了整条裤腿，原本已经奄奄一息的电脑冒了一股烟之后彻底报废。
从客户那里出来，你等的公交车迟迟不来，也打不到车，你就抱着电脑在路边避雨，一边翻着手机邮箱看老师发来的毕业论文修改意见。

你在雨中孤零零地站了很久，若是以前，怕又要哭出来。可这次你回到单位宿舍，上网跟我聊天，没有一句抱怨，就好像那只是再平常不过的一瞬。
是的，原本有点儿小事就打电话跟妈妈哭诉的你，到现在，只会报喜不报忧。也能将一身职业装穿得得体大方，恰到好处地搭配新烫的卷发，在客户面前游刃有余地讲解你们公司的新产品。

我看着生活将你的柔弱一点点变成坚强，却留下了好多好多的爱，和很大很大的勇气。
有一次，你终于跟我说起你的初恋。

我知道，必然是因为他再也激不起你心里的万丈波澜，你才能面目平静地回忆那场相遇和分离。

哪一场未得善终的初恋不是血肉模糊，哪一个女孩的成长史没有步步荆棘的泪痕。三千温柔丝，寸心知得失。我们错过了那么多，一回头，过去仿似白茫茫的雪地，脚印凌乱，旧人都变得身影模糊，只有暗夜里梦见时才心有余悸。

那天看到反裤衩阵地的一条微博，突然想要落泪。
他说："始终在爱里蠢笨，不懂退场，奋不顾身。在最不可能的绝境坚持，用最漫长的时间道别。偶尔疑惑，经常自卑，从不悔恨。代价是无休止无底线的付出，收获是总能参与如狗血如恶俗的生别离恨交错。以至于写下每一个酣畅淋漓的故事、讲出每一段直指人心的道理，全都货真价实浸满了眼泪。"

你看，我们都是这样的人吧。
之于人生，偶尔疑惑，从不悔恨。之于爱情，不懂退场，奋不顾身。

就像我最喜欢的童话《白雪皇后》里，女孩格尔达甘愿赴汤蹈火去救她爱着的男孩加伊，天寒地冻、路遥马僵皆不足为惧。
后来，我爱上了游戏Temple Run（神庙逃亡），里面那个一头卷曲红发的小姑娘背着弓箭向前飞奔的背影总让我以为是格尔达在路上，甚至是我们在路上。

身后还跟着步步紧逼的野兽——有时是理想与现实之间难以平衡的落差，有时是在指缝间仓促流逝的时间，有时是不尽如人意的生活和无尽的庸常，有时仅仅是难以释怀的执拗。

可这游戏和人心一样冷暖自知，任谁再行侠仗义都无从替你度这一程。羊肠小路，密林山涧，步步独行，都是和促狭内心残酷的照面。幸好，幸好她毫无畏惧，也从未回头。

这一场征途，你路过的风和我淋过的雨都成为过去，可我们一直在走向更好的路上。就像我自高中起便记在纸上，默念数遍却不知出处的话语：“在自己的路上选其所爱，爱其所选。选错了，跌倒了，再爬起来，这就是成长。成长是唯一的希望。”

你走那天，我跟你说，有那么多人关心你飞得高不高，可我只想知道你飞得累不累，只想你累了，便有人拥你入怀，不需要再飞。

可我也知道，这一路，你早已习惯了飞的姿势。即使疲惫至极，即使狂风暴雨，你也不会停下，还是会向着喷薄的日出、绚烂的晚霞和稍纵即逝的彩虹一路飞去。

所以我只想你找到的同伴，他懂你难以割舍的初心，也懂你可爱外表下的果断与倔强。他能陪你饮尽风雪，也能安静地消融你那些夕阳沉下西山后的寂寞。

美好如你，理应得到最好的爱和最温柔的守护。

说起未来，你比我还乐观和期待，所以我的安慰并不需要多言。更何况这几年来，我一直都感动于你对生活的热爱。

譬如，你碰到从未尝过的可口小吃时，脸上绽放的一大朵笑容，还有你乐此不疲地帮我选衣服，终于选到对的那一套时，忍不住要鼓掌的夸张。

你把我原本漠视、不以为意的小事，变成生活中一场又一场温柔美好的庆典。所以，我知道，若干年后，你亦不会被残酷的现实打败，因为你总能将一丁点儿有趣的事变得风生水起和无边壮阔。

就像我跟你说过的："我相信未来会有好的事情发生。没什么理由，就是相信。"

你看，我们终于变得和岁月一样宽宏，前路波澜壮阔，万事尽可期待。

除了爱，
还有从未泯灭的希望

I BELIEVE

一个女孩长成坚强、无敌、少有怨言、永远向上的模样，并非因为无人来爱，而是她习惯了在步步荆棘的成长中，用最沉默的方式拯救自己。非得走过不平坦的路，非得趟过不平静的河，非得在风雨里从狼狈的落汤鸡一点点等到乌云散尽日出东方，才终于练就如今人前人后的豁达模样。

当一个女汉子闪闪发光地降临到你的生命中时，一般她会自带扩音器，这确保了她的冷笑话及随之而来无处不在的哈哈大笑声可以呈三百六十度无死角模式传播，堪比影院立体环绕声加Imax效果。

姜宁就是这样闯入我的生活的，不带一点儿矜持和含蓄，更勿论婉约与贤淑。

作为初中校体育队的铅球选手，她逢人便讲："我可是甩过铅球的！"

所以在健身房里，看到她举不起来的杠铃我却貌似轻松地举了起来，她百般不信，跳着脚大喊："我可是甩过铅球的！"然后一遍一遍地试图去举那个杠铃。

无奈屡试未果，临走前还念念不忘地唠叨："我可是甩过铅球的！"

在她嘻嘻哈哈地跟我讲早已分手的初恋男友，如今成为"混世魔王"扬名小城时，我一脸膜拜："哇，如果还没分手的话，你就是传说中的老大的女人，学名压寨夫人，诨号凤凰！"

我敢断定，她当时"狂放"的笑声一定穿越了好几个宿舍的墙壁。

同窗一年，我俩的关系原本不咸不淡。后来，从点头之交到莫逆之交源于一次实习。去面试之前，我还从没有实习过。轮到姜宁做自我介绍时，她一页A4纸都写不下的实习经历简直让我颜面扫地、自愧不如。

所以，能和她一起拿到那个实习的offer还真是一个意外。于她是自然，于我，却是幸运。

在那之后，我们一起熬夜做过无数枯燥的表格，一起一遍又一遍地修改给客户的方案，一起在大雪没膝的深冬清晨打着哆嗦等公交车。
有几次出差回来已是深夜，下了火车打车回学校，我困倦地望向窗外高架路上的灯影迷离，恹恹欲睡。可身边的她，仍然神采奕奕，像在等另一个无与伦比的明天到来。

小时候看《东京爱情故事》，看到完治问莉香："我从以前就很想知道，你那个大包里到底装了什么东西？ "莉香微眯着笑眼回答她："爱和希望。"

多年之后，我遇见了姜宁，仿佛一个莉香活生生地走到了我的身边。她的身影和莉香的身影奇妙地融合，就连台词和动作都如出一辙。
她的特长是见了谁都能很快打成一片，有一种"四海之内皆兄弟"的古道热肠。

你不知不觉便会被她打动，完全分辨不清是因为她热衷自黑和无处不在的玩笑，还是那一片毫无戒心的赤诚。
她的优点是相信事情总能做成，相信"别人可以，为什么我不可以"！所以她不仅在学校考得高分，还在金融行业的各个领域几乎都有实习经历，尚未毕业便被某公司高薪留用委以重任。

无论是讲起同事，还是讲起同学，她习惯性的口头禅都是："你知道吗？某某特别厉害……""特别厉害"这四个字下面还带着重音符号。

我知道，她言语里的满心钦佩和眼睛里的灼目光彩都是真的，因为她最擅长将旁人不为人知的优点与美好在心里珍重谨记。

她就是这样一个即使在最黯淡的环境里，面对最糟糕的人事，也能看出一丝曼妙光华的人。

你的生命中也会有一个这样的女汉子吧。她风风火火地来，风风火火地走，风风火火地对你交付了全部真心，连告别都变成了如火焰般的热切期待。

她不是淑女，不是夏日清荷，不是山涧白雪。她是焰火，噼里啪啦地闪烁在半空中，从此夜色朗朗，连白昼都增色三分。

她的大嗓门和雷厉风行的姿态，在你的世界里从根深蒂固到枝繁叶茂，也不过是一瞬间的事儿。

若你问她在做什么，她一定会像莉香对完治那样回答："没什么，不管在做什么，我就是我自己。"

这个世界上对女孩子的要求太多。

精神上，不知有多少心灵鸡汤探讨女孩子究竟该怎样度过人生，才不算虚掷浪费；外表上，更有七七四十九种招式教你该怎样打扮自己，才能赢来万众瞩目。

你要瘦、要美，要跑步、要读书，要与人为善。

你要精心打扮之后才出门，因为你不知道哪天会和“真命天子”相遇。

你遇见喜欢的人就要逮住，但这人若是错了，你要头也不回地离开，还得以最快的速度痊愈。

但她却告诉我，何必在乎那些众口一辞的评判，何必非得谨遵情感医生所谓的良方。倦了就坐，痛了就躲，喜欢就上前，累了就告别。生活的甘与苦全由自己决断，去做想做的事，去成为想成为的人吧。

也是她告诉我，何必介怀那些关于女汉子的调侃，成为众人眼中千篇一律的淑女、玉女、萌妹子，更不必眼巴巴地等着另一个人来拯救你。

她不要做睡美人，梦想不知哪年哪月才能抵达的王子。她要做女英雄，行侠仗义，爽朗的大笑是她以柔克刚的盔甲，也是她克敌制胜的武器。

所以在一万种姿色各异的女生中，我还是最喜欢她这一种。

名媛范、小香风都不敌她和客户聊天时的自信从容，也不敌她热情的笑声，还有是非皆分明、爱恨都浓烈的面容。

也只有我知道，一个女孩长成坚强、无敌、少有怨言、永远向上的模样，并非因为无人来爱，而是她习惯了在步步荆棘的成长中，用最沉默的方式拯救自己。非得走过不平坦的路，非得趟过不平静的河，非得在风雨里从狼狈的落汤鸡一点点等到乌云散尽日出东方，才终于练就如今人前人后的豁达模样。

这几年来，或许是耳濡目染的缘故，我也渐渐地有点儿像她。

比如跟房屋中介义正词严地吵架，被气得眼泪险些夺眶而出，转过头还是跟你说，一切顺利，很开心，都很好。比如前段时间耳朵里如针扎一般的剧痛让我在夜里辗转反侧，每分钟都在惶恐会不会就此失聪的时候还是跟你说笑。

这只不过是我想用虚张声势的强悍来保护你真实的脆弱与不安，用我故作镇定的玩笑来兑换我们不再孤单的旅程而已。

即便知道，不是所有倾心付出的爱，都能得到一个同样笃定的报偿。可我们还是怕，既怕错过，怕一擦肩就是咫尺天涯。又怕辜负，怕一转身就是万劫不复。所以，才用尽气力去拼一个酣畅淋漓的青春。

有人说“情义千斤，不敌胸前四两”。对于这位胸前不止四两、情义远高千金、年薪何等可观的金融新贵，我不再叫她女汉子，而想叫她女王。

杯酒走天下，女王誓无敌。
因为她彪悍无比的外表之下，是温柔如秋月镜水般的爱，还有从未泯灭的希望。

你好吗？
我很好

I BELIEVE

我始终并且永远相信，我们之间的情深义重有不能被时间和距离打败的韧度。它曾坚不可摧地挡住迎面袭来的风雨，也曾温暖明媚地驱散我们头顶盘亘的阴云，也一定能带我们走向共同期盼的未来。

亲爱的雪飞：

吃过晚饭一个人在塑胶跑道上慢慢地走，有穿着曼联队球衣的男生在踢球，来回奔跑的身影让我也跃跃欲试，那喧嚣却不嘈杂的声音大抵是每一个青春电影的背景音。

身边很多姑娘们或独自静静地走过，或和身边的朋友大声地说着笑着，不远处还有刚进入大学的新生在兴高采烈地聊天。

我突然地就想起了你，想起你也曾站在我的旁边，被我挽着手臂，一圈又一圈地走过塑胶跑道。

雪飞，自高中毕业，这已是我们分别之后的第八个年头。

我总是在很多个生活空白的罅隙里突兀地想起你。翻陈旧的毕业纪念册，买一起看过的杂志，在人群里说着我们曾经心照不宣的笑话，旁人还未听清，我却一个人兀自喑哑地笑了。

你高考报志愿的时候，5·12汶川大地震的余波在川蜀大地仍未平息，可你还是选择了成都，并且一次又一次地在开学后的几个月里发短信告诉我说又感觉到房子在晃，让我总是心有余悸。

我们以前最信奉的一句又老又俗的格言是“好男儿志在四方”，可是当我每次在地图上从故乡看向成都时，其间的漫长距离和隔断视线的高山湖泊还是让我对你总有挂念。

毕业前我跟你说过一句很矫情的话——至少我们还望着同一片星空。

可有时还是担心，分子剧烈运动，声音暂时屏息，浮云渐次退场，我们拥有了不同的冷暖，是不是也会逐渐脱离彼此生活的轨道，在各自的旅途中渐行渐远。

幸好，我们都是放不下回忆的人。是啊，回忆太盛太美，任谁都放不下。
有一日，你的钱包被水打湿，你拍照发在朋友圈，痛惜钱包里的那些东西。
我一看，你俨然是随身带了一个时光机。

从边角磨白、人相泛黄的大头贴，到高中校园卡的卡套。
我看着看着，忍不住湿了眼眶，一下子被它们带到了十年前的高中教室。
高一下学期，文理分科之后我们被分到同一个班。

坐在第一排的我总能看到你从讲台上走过。你常穿黑色的衣服，衬得皮肤异常白皙，不笑，面容沉静得像一面湖，或者一幅画。
一贯吵闹躁动的我，对心如止水般的女孩格外注意，所以那时候的你一定不知道我看着你时心底的羡慕。

不久之后的一件事情，让你成为全班同学目光的焦点，当然也包括我。
那是高一下学期期中考试时的晚自习，不知什么原因你和班主任吵了一架。

当时，全班同学都在专心安静地复习，一片寂静中，教室东北角突然有了喧闹声。我几乎听不清你在说什么，但你愤怒而激烈的声音伴随着桌椅被推翻在地的巨大声响，像雷一般在教室里炸开。

我已经忘记了当时盛怒之下的班主任是怎样的表情和举止，却清晰地记得你抓着所有的复习资料摔门出去的身影，似乎誓与世界决裂。

这件事情的续集很平凡。

家长来访，考试后你重新回到教室，依旧每天从讲台上走过。事情的整个经过我都不明原委，只是我看到你的眼神依旧冷淡凛冽，带着不与世俗为伍的坚决。

那时候的我，习惯了在人群里扮演乖乖女的角色，学习勤奋，认真地遵守老师家长口中的金玉良言，全部的时间都在看书学习，可是没有人知道，我距离平静外观十万八千里的血液中，有多少个叛逆的细胞在恣意地生长，想与单调乏味的生活和无聊沉闷的学习来个鱼死网破。

因此看到那样桀骜不驯的你，我在诧异之余甚至想要暗暗地为你鼓掌。

后来我们熟悉了之后，才知道你外表的冷丝毫不影响你心底的热度，那些热度足以像冬天里新鲜的糖炒栗子一样熨帖人心。

你向我解释你名字的来历，说你出生的那天正好下雪，所以取名“雪飞”。

恰好那年的冬天下了很大的雪，我们一起看了日本电影《情书》，女孩躺在雪地里的场景唯美至极。

当时看到渡边博子面对雪山大喊“你好吗？我很好”的时候只觉感动，后来的后来我才明白，是不是经过如流水般疾行的世间和旋即转换的世事，重新相逢的我们站在人世间的某个角落，也只能平静地问一句：“你好吗？”纵使眼眸里会有万般风景如千帆竞过，也只能轻轻地问一句：“你好吗？”

分离之后的这两年，看着世事如浮云般上演，我们见证了不同的悲欢离合。我知道自己再也不能在悲伤时与你坐在学校门口肯德基的某个角落，用你的安慰逼退眼角的泪水，也知道自己再也无法用三言两语，就将生活中如电视剧情节般光怪陆离的故事讲述清楚。

那跨越大半个中国的距离已经让我们再难碰触到彼此生命里张扬的触角。你看不清我眼里深藏的落寞，就像我听不清你声音里模糊的哽咽。

可是我始终并且永远相信，我们之间的情深义重有不能被时间和距离打败的韧度。

它曾坚不可摧地挡住迎面袭来的风雨，也曾温暖明媚地驱散我们头顶盘亘的阴云，也一定能带我们走向共同期盼的未来。

你给自己取的网名叫“岿然”，我一直不明白你为什么对“岿然”二字情有独钟。如今我才恍悟这两个字对于生命的隐喻。

在时间如沙子般急速而剧烈地冲刷过我们的青春时，总有一些东西能够在沙土间顽强地扎下根须，昂扬地抽出茂盛的枝叶，在呼啸的山风与肆虐的风雪中站出身姿挺拔的美丽。

它们，是年少时单纯却固执的情意，是这些年来始终如一的勇敢坚持与追逐。它们在这个物欲横流的世间岿然不动、安稳如山，提示着你要温暖、要坚韧、要感恩、要悲悯。

你在人群里是个多么高挑、美丽的女孩子啊，所以当你高考前想要选择空乘专业时，我的崇拜几乎要把你这个准空姐淹没。

后来你又改成了播音主持专业，我也从未怀疑过你有一天会成为金光璀璨的女主播。

我不经常看到你明朗的笑意，但我能想象得出来，你在一个离家万里的地方，活得仿佛冬日初雪，静谧中自有端正与美丽。

因为那些岿然不动、安稳如山的东西一直帮你守护着一颗初心，也帮你维持着一个女孩灵魂的底色。

冯唐在《万物生长》里写："世界上有两种长大的方式：一种是明白了，一种是忘记了明白不了的，心中了无牵挂。所有人都用后一种方式长大。"

所以这些年来，我们都不再执着于那些爱而不得的人，也不再受困于成长中的种种迷茫。

而我只愿我们每次重逢时那句心照不宣的"你好吗？"都能得到一句最坦诚的"我很好"。

那些男孩
教给我的事

I BELIEVE

没有天上掉下来的馅饼，他们自己努力，去到想要去的地方。
没有一帆风顺的成长境遇，他们不抛弃不放弃，将道路走得越来越宽广。
直到长成一棵挺拔的树，别人才看到他们的一点点不同。
他们用微弱的力量影响着我，也影响着别人，教会我们尽己所能地开拓出一片天地。他们甚至用同样微弱的力量在无人知晓的地方，悄无声息地完成了对一个荒凉世界的馈赠。

01

王跃是一个北大的男生，就读于这所顶尖学府的金牌专业。

但是他曾经上了两个高三，又用了两年的时间考研，才终于走到了未名湖畔，走到了他梦寐以求的院系。

没人知道这中间他付出了多少汗水和勇气，他也很少提起那些难堪的白昼和失眠的夜，只是默默地在论坛上给无数视北大为梦想的学弟学妹们无穷无尽的鼓励。

和他熟悉之后我才发现，他不仅是标准的理工男，还是靠谱的文艺青年。

他总给我讲李海鹏、王小波和毛姆，他骑着单车一路飞奔着去清华听刘瑜老师的讲座，日记本的扉页上写着苏格拉底的名言“未经审视的人生是不值得度过的”。

他读欧洲历史、美国政治、黑奴运动、宗教革命，偶然间提起自由与民主这类词汇时，眼睛里全是闪烁的光芒。

单凭学历与才能，王跃堪称这个时代的精英，但在更加精神层面的地方，他让同是研究生但只关心专业课成绩，闲来没事靠小说怡怡情，靠娱乐新闻丰富眼球的我，觉得惭愧甚至羞愧。

他让我发自内心地觉得，就算一个人只是一粒微不足道的尘埃，也不妨碍他心里装着全世界。是他告诉我，在这世间拥挤的人潮中，若不想让自己面目模糊，就一定要保持清醒。

改变一个人的，绝不是粗糙的现实，而是麻木的灵魂。他定义的“特立独行”不是时时愤青也不是满身刺青，而是“永远不要放弃专属于自己的情怀”。

02

岳明是我的一个朋友。他高中时成绩一向很好，老师对他寄予厚望。

但他高考发挥失常，只能以刚过二本线的分数上了一个在省内都排不上名的医学院。

我见过太多因为高考没考好，觉得上了一个差学校就在大学里自暴自弃的人，也见过太多大学毕业后没找到好工作，没考上研究生就埋怨学校、埋怨社会的人，真庆幸他不是这样的。

我不知道他当年是如何摆正心态走进那所大学的，只知道他开开心心地学着临床医学、跳街舞、上台演出，在附属医院里穿着白大褂实习，青春照样精彩炫目。

临毕业那年，他想考研，报了全国排名前十的医学院的骨科专业。他当时还在医院实习，只能千方百计地挤出时间在医院的餐厅里复习。寒冬的深夜，他常常复习到半夜之后才回宿舍，顶风冒雪还得路过令人毛骨悚然的太平间。

考试结束之后，我问他如果考不上怎么办。

他很坚定地说：“那我再考一年。”然后手舞足蹈地跟我讲医学的发展前景，还有他对骨科至死不渝的“忠诚”。

那是我第一次看到，当一个人真正热爱某样东西时，他的眼睛闪闪发光，他全身散发出的热情足以感染旁人，甚至整个世界。

后来，成绩出来了，他考得并不高，几轮复试涉险过关，但是和导师见了几面之后，导师最终还是坚定地录取了他。

别人都说他太幸运了，但我相信，他的那份热情连我这个外行人都能被打动，更何况是阅人无数的导师呢？

03

小南是我的大学同学。他初中的时候父亲因为煤矿事故被永远地埋在了矿井之下。

由于这样那样的原因，他家最终只拿到了微薄的赔偿金。

这个故事是我和他认识很久之后他才说给我听的。

而在那之前，我一直觉得他应该是个家庭美满幸福的孩子。

因为他笑容温和，眼神明亮，简直就是一个温暖的小星球——这是朋友们对他的一致评价。

让我们最意料不到并且深感敬佩的是，他在大二的暑假去了遥远的贵州山区支教。后来又辗转去过新疆支教，大学毕业后留在了那个离家万里的地方。

这个很早就失去了父爱，品尝过生活的艰难与无助的男生，在他的博客里写起自己的支教故事时，说了句极为简单的话：“虽然一个人的力量有限，但我明白生活有多难，所以我想让他们不要像我这么难。”

看着他和他的学生们衣衫破旧但笑容灿烂的照片，我用世界著名童话绘本《花婆婆》里的那句“你要做点儿什么，让这个世界变得更美好”回复了他，因为他真的让这个世界变得更美好了。

04

他们是在我身边默默生长着的男孩。
没有天上掉下来的馅饼，他们自己努力，去到想要去的地方。
没有一帆风顺的成长境遇，他们不抛弃不放弃，将道路走得越来越宽广。

直到长成一棵挺拔的树，别人才看到他们的一点点不同。

他们用微弱的力量影响着我，也影响着别人，教会我们尽己所能地开拓出一片天地。他们甚至用同样微弱的力量在无人知晓的地方，悄无声息地完成了对一个荒凉世界的馈赠。
我真庆幸身边有他们。

你也知道，“坚强”“勤奋”和“温暖”，都概括不了他们教给我的事。

你可以走得再远一点儿，
什么也不会阻止你

I BELIEVE

每一个脚步抬起又落下、汗水流过又风干的瞬间，都是活得更优美、更有力的一种表达。即使青春渐逝，我们仍然可以用跑步来对抗时间无处不在的磨损，和世事庸碌无常的打压。因为在跑起来的每一刻，双腿好像都能离开大地，飞向更高更远的天空。

“你喜欢跑步吗？”

“当然，那种感觉太棒了！”

“确切地说，就好像你在天堂上一样，什么坏事也不会发生。你可以再走远一些，一直前进……”

“什么也不会阻止你。”

这是电影《牛仔裤的夏天》里，16岁的女孩Bridge和她的足球教练的对话。他们在沙滩上跑步，夕阳将海面晒成金黄，配上女孩飘扬的金发，最美的青春画面也不过如此吧。

这一年，Bridge失去了母亲，她深夜痛哭、悲恸至极，第二天起床仍然挤出勉强的微笑示人。我想，那些跑起来的时刻，那些仿佛在天堂上的时刻，一定悄无声息地治愈着她的无助和悲伤。

这些年来，跑步同样是我的止痛剂，也是我的避雷针。

在外人眼里，我是个再潇洒不过的人，落叶不拂身，波澜瞬息平。

可真相是，作为一个犹疑多思的双鱼座，我的迷茫、困顿、忧虑从来不比别人少。只是这些年的成长让我习惯了自我放逐。

沉默比倾诉多，反思比怨愤多。而沉默和反思的时候，最好的运动莫过于跑步。

中学时头顶天天悬着一把叫“高考”的大刀，课外活动几乎全部暂停。

可我还是经常在晚自习前的傍晚偷偷溜到学校外跑步。

郊外的田野，长长的田垄好像永无尽头。白杨树恭立两侧，在干涸的大河边有一段从河岸俯冲到河中央的距离，有泥土的香味伴随着不知名的植物的气息。

有时我沿着弯弯曲曲的盘山公路一路向前，拐角处好像永远隐藏着出人意料的惊喜。

大学课少，无事可做时我会去距学校不远的沙滩上跑步。视线所及之处，海滨小城的天空上常常结满花朵一样的云彩，如同枕着一席蓬松的梦境。

最多的时候，我还是在学校的操场上跑步。

在一个人的孤独时光里，在迷茫时、郁闷时、悲哀时，我都习惯用跑步来实现一场自我放逐。

在人多嘈杂的操场上，没人注意你的情绪，所以既不必掩饰泪水也不必强作欢颜，天地之间，只有你的身躯在移动前行，这样的时刻，竟多了一股悲壮的感觉。

泪腺和汗腺交织在一起，变成了最奇妙也最有效的出口。

跑步时遇到的人也非常奇妙。

每天都遇到的一个姑娘正在辛苦地减肥，过了一段时间真的脸颊渐瘦；体育系的男生则有着更为专业的装备，目光坚毅，一圈又一圈，不知疲倦地重复着相同的动作。
原来，在漫长无边的青春里，操场上的跑道才是我最好的避难所。

那么多人热爱跑步，我想也许是因为跑步时总让人有种感觉，那就是——你能一直跑下去，就能为人生争取更多的可能性，就能走向天与地的尽头。

在《当我谈跑步时，我谈些什么》一书中，村上春树说："同样是十年，与其稀里糊涂地活过，目的明确、生气勃勃地活当然令人远为满意。跑步无疑大有魅力：在个人的局限中，可以让自己有效地燃烧——哪怕是一丁点儿，这必是跑步一事的本质，也是活着的隐喻。"

我懂他说的。每一个脚步抬起又落下、汗水流过又风干的瞬间，都是活得更优美、更有力的一种表达。即使青春渐逝，我们仍然可以用跑步来对抗时间无处不在的磨损和世事庸碌无常的打压。因为在跑起来的每一刻，双腿好像都能离开大地，飞向更高更远的天空。

电影《舞出我天地》里，小男孩Billy去皇家芭蕾舞团面试，面试官问他为什么喜欢跳舞？他说："不知道，就是喜欢。"
面试官又问："那你跳舞时是什么感觉？"

他的眼神一下子变得又高又远，他说："只要一跳舞，我就会忘记全部的事情，一切仿佛都消失不见。我感到身体在改变，像有一团火在熊熊燃烧。天地之间，只剩下我站在那里，仿佛像鸟儿一样在飞翔。”

原来，跑步还意味着自由，意味着灵魂可以脱缰，思绪能畅游八方。跑步原来并不强求场地和装备，它本来就只需要一颗自由的心。我想，一个随时随地都能不顾路人的侧目和讶异，自由自在地奔跑起来的人，他的灵魂，也一定又轻盈又透明吧。

也许会有这样的一天，我在路上遇见你，没有早一步也没有晚一步，那距离恰好可以大喊一声：“嗨，去跑步吗？”

走，一起去找找那些灵魂最轻盈的时刻吧。什么都不能阻止我们，一直跑，一直跑向灵魂最轻盈的地方。

爱情一定是个特别好的东西

七

爱情一定
是个特别好的东西

I BELIEVE

就算外面的腥风血雨迎面扑来，全世界都要和你作对，但你知道有一盏暖黄色的灯光在静默地守候，心就先暖了三分。你伤痕累累，战士一样归来，她的一碗热汤和一抹笑意便足以熨帖你的苦寒。所谓伴侣，概莫如此。

在朋友圈里看到大学老友子川新传的照片，我有点儿想笑。
若是放在六七年前，我怎么也想不到会有这样的一个时刻和画面。
屏幕上他的小女儿还是粉红色的一小团。

她没有初生婴儿的难看，脸颊鼓鼓的，小手攥紧了放在鼻翼旁，紧闭着眼睛，丝毫不理会他的狂喜和宠溺。
她妈妈在照片的一角，抱着婴儿的姿势还有那么一点儿紧张，紧紧地盯着她的一举一动，同样不理会他的狂喜和宠溺。

看着子川兴奋得语无伦次的样子，我突然想到大学时的一张老照片，照片上的他，穿着一身球衣在操场上摆了个桀骜不驯的pose（姿势）。那不过是六七年前，他还是个跟我说不到四十岁绝不迈入婚姻围城的少年呢。从当初信誓旦旦的模样，到如今初为人父的样子，也不过弹指一瞬间。

岁月的河汤汤流过，我还像我们当年都向往的那样，一直告别，一直漂泊，隔几年便换不同的城市生活，从不放弃去陌生的地方找寻新意和深意。而他却早早地从一个略显玩世不恭的少年变成了恭谨勤勉的父亲。

但我知道，少年时他说的那句誓言，绝不是因为他的爱好是游戏爱情，多半是因为那个错的人带给他的伤害。
人人都说失恋是必修课，我多想我们都能免修。可我们终究都躲不过，甚至连逃课的机会也没有。

虽然恋爱教材、心灵鸡汤都写了，失恋时只需要慢慢等，时间会治愈一切。但治愈的过程太痛苦，宛如从刀尖上一点点走过，走得身心都鲜血淋漓，好不容易结了痂，又一次次地被软弱与犹疑撕裂。

我见过他遇见那个女生之前的意气风发，也见过他遇见她之后的沉默忧郁。

想必，每一个少年心里都会有这样的一个女生。她总穿白裙，梳一束柔顺的马尾，抿嘴浅笑的时候像夕阳那么美好。

你在球场上是因为她的侧目才奋不顾身，你在梦境中是因为她的笑靥才低眉纵情。

可这世间的情谊原本就不对等，所以我们才都为这不对等而将青涩年华里的深情决绝殉葬。

可我也知道，那之后，他挂在脸上的玩世不恭只是盔甲，用以保护佯装无谓的脆弱。我也知道，他仍然在期盼着另一个人，能越过雾霭里的高山和解冻后的冰河，一直走进他的心底，来慰藉他的这趟踽踽独行的孤单路途。

所以他结婚那日，我是多么为他们高兴。

在偌大的城市里，两个人在擦肩而过的一瞬间得以认出彼此，然后相爱，相守，让那个原本有些冰冷的城市有了一扇窗和一盏灯的温情，也有了守望一片星空的默契。

相遇，原本就是这个人潮拥挤的世界里最盛大的奇迹。

看着在社交网络上原本甚少露面的他，也开始晒一些温馨的生活琐事，我才知道，一个少年成长为有担当的男人，也许不是在职场上变得雷厉风行、所向披靡，而是开始懂得这世间柴米油盐酱醋茶的珍贵。

就算外面的腥风血雨迎面扑来，全世界都要和你作对，但你知道有一盏暖黄色的灯光在静默地守候，心就先暖了三分。你伤痕累累，战士一样归来，她的一碗热汤和一抹笑意便足以熨帖你的苦寒。所谓伴侣，概莫如此。

我们的另一个大学老友——和男友在一起近十年的小雅也要结婚了。小雅这些年来一直拒绝和家里安排的各种“高富帅”相亲，硕士一毕业就将男友带回家和父母见面。

有一次聊起他，她跟我说：“是的，他不帅、不高、不富，放在人堆里根本就挑不出来，但是他懂我。有些事情，不用我倾诉，他就能明白我的纠结、不安或者期待。我所有不能说与他人的或复杂或阴暗的小心思，可以跟他说，不必担心会被耻笑，也不用想着会遭背叛。在父母面前，我有时要佯装开心好让他们放心；在朋友面前，我有时要佯装坚强和无畏。但只有在他面前，我是真正的我，撒娇放肆，喜怒无常，唠叨抱怨，纵情疯癫。因为我知道，我的所有，都能被他真诚悦纳，珍视收藏。”

所以，一定也有一种爱情，它和豪宅无关，和他人的欣羡眼神无关，和所有聚光灯下的赫赫光芒无关。它是两个人心底里的东西。足够维持一个叫作“家”的最简单的词汇，也足够在日复一日的单调生活里，酝酿出美好的默契和岁月的深意。

我想，爱情可能不是这个世界上最好的东西，但一定是特别好的东西。爱情是她和你并肩，为你们共同爱着的人圈出一小片最温柔的宇宙，陪着白发苍苍的父母安稳地老去，领着懵懂乖巧的孩子一步步长大。爱情是她和你携手，对抗这世界的混浊与粗粝，拥抱这世界的慈悲和善意。

我们都喜欢看的美剧《生活大爆炸》里，Lenard是恋爱经验匮乏的学术宅男，Penny是志在成为电影明星，但迟迟没有机会，只能在餐厅当服务员的金发辣妹，两个人分分合合、吵吵闹闹，但目前仍然在一起。

新一集里，动漫店的老板Stuart对他俩的关系做了一个中肯的评价：“你们让彼此变成了更好的人。Penny让Lenard走出了宅男世界，而Lenard让Penny对世界有了更深的认识。你们互相弥补，一起变成了更好的人。”

看着他们一起对着镜头张扬大笑的照片，我猜最好的爱不过如此——彼此温暖，相互照亮。

前段时间去上海，正好赶上他家小公主的满月，于是倒车去子川家做客。地铁里冥思苦想着该买什么礼物，最后还是买了一套童话。

看着他们一家人血浓于水的深情，我知道童话里那些关于爱情的美好故事，从来都没有老去，也没有凋零，仍然像一场好梦，醉人心扉。

即便遭遇过背叛，看过众多的是是非非，在凄风苦雨里走过一段漫长的路，但因为这场好梦，我仍然相信爱情，它如秋夜的白月光，有照亮人心的澄澈通透。

有一天，一定会有那个拥抱你的人出现

I BELIEVE

尽管她走走停停，和数不清的人擦肩，却再没毫无保留地付出全部真心。有时站在早高峰的地铁门口，身旁人群喧嚣，像潮水一样涌过，看着无数或焦躁或新奇或不安或雀跃的面孔，她不确定能在哪里遇到那个人，一回头，回忆也是一片空荡茫然，她的心底便发酵出了失意与灰心，甚至怀疑。

01

她是我见过的抽烟最好看的女孩。修长的手指夹着烟，听你说话的时候恰到好处地吐个烟圈，一时像在微茫的雾气中。

我给她讲课堂上老师的笑话，她斜着眼看我，将烟头摁在烟灰缸里，很配合地“呵呵”两声，再感叹一句“真冷”。

那时我常常坐在阳台的椅子上看书，她穿着宽大的睡衣，叼着烟走过来，斜倚在椅背上，锁骨上的项链和她微微眯着的眼睛一样，透着一点儿狡黠。

在她还没学会抽烟之前，是爱着他的。

在更早的之前，她曾经问我，爱上一个人和忘记一个人，究竟哪个用的时间更长？我没有回答，但她后来就知道了，是忘记用的时间更长。

说到底，她遇见他，也就是电光火石的一瞬间。

他在台上跳舞，长手长脚，舞动起来野性十足。大屏幕上，能看到一双剑眉。音乐恰好来自她最喜欢的摇滚乐队——枪炮与玫瑰。

她那时候不会抽烟，不会化浓妆，清汤寡水的长发挂在还有点儿婴儿肥的脸庞。

二十岁的一切，确实清淡，但比什么都新鲜，也无所畏惧。

因为晃动，大屏幕上他的脸有些模糊。她远远地看着，并没想走近，却明明在更远的地方听到了鼓声，像雷音一样，轰隆轰隆。她没意识到那是她自己的心跳。

过了一会儿，音乐骤停，雷音却没停。

他那场表演正在谢幕。可旋即，一群女孩便围了过去，拥到了他身边。

她怅然地看着一派花红柳绿，踟蹰再三还是踩着心里的鼓点声回去了。

02

在那之后，她才知道他也算校园名人，在各类活动中露面极多。

她觉得这场相遇太晚，垂头丧气，尤其是得知连我这个宅女都对他略知一二时，她简直要叹息“君来我未来，我来君要走”。

不过正因为他在校园里出名，所以她没费多少力气就打探到了他的全部信息。

听说他还没有女朋友的时候她很开心，可想到那一派花红柳绿又旋即黯然，但这也没妨碍她一有空就去旁听他的课程，尽管那些课不是岩土工程力学基础便是流体力学，她一个都听不懂。

可又有什么关系呢？她主要是为了看他。

在一个理工科院校里，他所在的系才只有几个女生，所以尽管身边不乏女生追逐，他还是注意到了她频频出现的身影，何况她本来就长得高挑出众。

她一次一次打着上课的名义“偷窥”他，可有一次一不留神撞上他回头注视的目光时，她却突然胆怯了。

齐刘海下一双眼睛四处躲闪，手里一本格格不入的《国际金融学》又不能举起来充当掩饰，她如坐针毡了一会儿，只好抱上书包，弓着腰从教室的后门逃离。

他看惯了其他女生落落大方的示意，反倒对她的犹豫和躲闪产生了兴趣，虽然那之后她再也不敢出现在课堂上旁听，但他却记住了那个仓皇紧张的背影。

传说中有个理论，只要通过六个人就能认识全世界。当这个全世界缩小到校园时，需要的可能只是两个人。

所以很意外的一次聚餐，同学只说有其他朋友，她竟在餐桌上正式认识了他，当看到他在座位上气定神闲地点菜时，她简直想逃跑，化个妆再回来。

03

认识了之后，她终于可以明目张胆地做一切对他好的事情，虽然和她有同样想法的女生那么多。她等着他排练，为他的性感舞伴吃醋心酸。

但他一个笑容递过来，她又在心里升腾出甜蜜的期待。

喜欢一个人是什么感觉呢？当然不仅仅是看他发的每一条状态都像做阅读理解。你等他回短信，像等一辆永远不会到站的公交车。你看天看地看远处的云，其实眼睛从未离开公交车驶来的方向。你听到短信提示音迫不及待地打开看，发现只是10086时的失落。就算你等到最后也没等来那趟车，但还是找了一万个理由原谅他。

很多个时刻，她就在这样拉拉扯扯的纠结心思中度过。有时候她觉得太难坚持，发誓就此删掉全部联系方式，可他的电话一打过来，所有精心堆砌的堡垒统统坍塌。

他对她是有不同的，因为她的单纯几乎让他卸下了全部防备。

有一个夜晚，他送她回宿舍，坐在宿舍楼下的长椅上聊天，他点了根烟，絮絮叨叨地说了很多话。

所以她知道了他因为父母离异而倍感残缺的少年时代，也知道了他那些以为婚姻就是不幸的顽固念头。

她有一瞬间的慌张和失望，但还是问他，为何要对她说这么多。

他捏了捏她带着酒窝的脸颊宠爱地说："因为你太快乐，让我在你身边都有了一种自己也很快乐的错觉。"

也许是因为月光下的那一刻太美好，所以她直直地看着他的眼睛脱口而出："要不你跟我试试吧。"

年轻时候的爱慕，有太多壮怀激烈的心情。

总以为爱是拯救，能用温存将一个不愿停驻的过客感化成称心如意的旅伴。

可她终究没能改变他。

他们在一起的一年，甜蜜过后便陷入了家常便饭似的争吵。

他身边的女生太多，有默默守望者，有公然挑衅者，在这场恋爱中永远都欠缺安全感的不是他，反而是她。不知不觉两个人都倦怠了。

她不再是那个只会在舞蹈教室外沉默等待的温柔女孩，在察觉到短信和QQ上的一切蛛丝马迹之后，跟他要一个合理的解释。

他自诩问心无愧，她却只想他是自己的。

一次激烈的争吵之后，她喝醉了酒大哭，只说："我只想他是我的啊……"

分手那天也是一个相似的深夜。

喧嚣校园里的人声都退去了。他坐在操场边的长椅上，脚边已是一地烟头。她气急败坏地将他手里的烟夺下，他颓然低头任她摇晃，一动不动，她只好蹲到他面前，结果正看到他眼底的泪光。

她惴惴不安，感觉自己终于要等来那个宣判了。这次他还是轻轻地捏了下她的脸，她转身离开，什么都没说。

她没有力气去擦满眼的泪，也不知道该怎么挽回，挽回那些日日夜夜的付出。

04

有人失恋，会找全世界倾诉，因为语言也是情绪的出口。但她没有，几乎对此一言不发。所以我不知道她是如何度过那段时间的。

只发现从某一天开始，她会越来越娴熟地为自己燃起一支烟，我也渐渐习惯了房间里突如其来的烟味。

她常常失眠，我夜半醒来，还能看到她就着一盏微弱的夜灯看书，也许因为她更瘦了一些，翻书的手显得十分骨感。

五月的天气忽冷忽热。有天大雨滂沱，我俩正站在阳台上，看到楼下小花园里的玉兰花被砸在地上，只留一地狼狈的白。她皱眉点起一支烟，叹了口气。

我便想起我失恋的那个五月也在下雨。

急急地说完了最后一段话，便铁了心转过身，打着雨伞低着头，飞快地向前走。记起校园卡还在他身上，但我不愿回头，怕一回头便前功尽弃。

眼泪和雨水混在一起，模糊的视野里只有自己的脚尖，可那鞋子还是和他同款的情侣鞋。我像个神经病一样，在宿舍楼下脱了鞋袜扔进垃圾桶，然后光脚走回宿舍。

而一个月后，我和往常一样故作镇定地上课读书，在课间大声说笑，一个人坐空荡荡的夜车出门旅行。

但更多的时候，在沉默的疼痛之外，常常坠入恍惚的梦境中，很早就会醒来，睁开眼却只看到天色青灰，窗帘的一角透进来清冷的风，难以再入睡，只好睁着眼等着晨光来临。

原来时间不是杀猪刀，失恋才是。它让你变得面目全非，烈马被驯服，疯长的念头都变得整饬。电影《等风来》里，程天爽说，我们最后都变成了小心翼翼的人。

从义无反顾到小心翼翼的路上，失恋无疑是最快的催化剂。

问过很多个失恋的人。

A说，半年多了，每当手机震动，或有短信的提示音，还是下意识地希望联系我的人是他。在路上看到相似背影，还是会突然紧张起来，不自觉地想逃开。仔细一看不是他，才略微地安心。

B说，那是一种整颗心都被撕裂了一样的疼痛。总之，再不会翻山越岭，只为站在那个人面前，只为她一个惊喜的笑容。

C说，减掉留了十几年的长发，以为容貌坚毅就自成铜墙铁壁，可谁也不知道，心底那块原本最柔软的地方已无人能侵。

D说，我告诉自己，就再勇敢和放肆这一次吧，我要试着走向他。可我没想到，走向他的路上，全是突兀的刀尖和凌乱的碎玻璃。我回来了，不是因为鲜血淋漓的脚掌和万箭穿心般的痛，而是，我走到一半才发现，在指向他的路牌上，赫然写着“此路不通”。

当然，如果失恋是一场病痛，它不可治愈，但在漫长的时间里足够模糊最初的情绪。就连亦舒师太都总结了失恋之后的步骤：痛哭流涕——形销骨立——怒不可遏——慢慢遗忘，直至真正成为过去。

我也知道她的痛苦正越来越淡。不再流莫名其妙地流泪，不再发出长而无力的叹气，也不再期待着拐过哪个路口能再遇见他，该以什么样的神态说着什么样的话才不会尴尬。所幸校园虽然不大，但重逢一次也没有发生过。

有的人就是这样，一转身就是天涯。

05

后来，她也遇到过喜欢她的男生。其中一个格外用心，但她铁了心地拒绝。有一次，看着那个男生在暴雨中走远的背影，她回来黯然，不是为他，是为自己。

她说：“他就像一面镜子，让我看到了过去的自己，看到舍身去爱的那个人有多卑微。”

可谁让爱情从来不是对等的。甲之砒霜，乙之蜜糖，可有人宁愿万死不辞去做砒霜，结局却是甲、乙终究都不得所爱。

她最终没有接受那个男生，尽管他的失魂落魄于她并非胜利者的勋章，反而像一粒苦药，每每遇见便像一场反刍。因为她知道那种苦涩如何难以下咽，也不愿将同样的苦痛施与别人。
可这世间，最勉强不得的便是人心。

所以她苦笑着说：“总得撕心裂肺一次，才只好没心没肺，甚至狼心狗肺。”
不知道你是否也和她一样，用几个月爱上一个人，却要用几年来遗忘，甚至用一生来反刍他给你的改变。

尽管风还是风，河流还是河流，但你知道执拗变成圆滑，主动退为闪躲，你学会了巧笑倩兮，却难以露出一个得偿所愿后肆无忌惮的大笑。你也学会了伪装真心，权衡得失之后才做出一个暧昧的决定。
原来，是失恋和时间让所有的柔软和不舍都面目全非，让我们终于都变得刀枪不入。

06
更后来的时候，她毕业工作后，也谈过几场无疾而终的恋爱。城市太大，一个人的悲欢离合比尘土还微不足道，她渐渐就模糊了自己的面孔。

深夜加班过后坐在略显空旷的地铁上，她疲倦地看向窗外，玻璃上映出的面容带着深深的倦怠，再不是那个二十岁的无畏女孩，这种对视让她凛然一惊。她渐渐地感觉不再认识自己。

她也相过数次亲，和只看过一张照片的人吃一顿无聊的饭。有时她会有片刻的失神，只看到对面陌生人张张合合的嘴，等回过神来，惊恐地想象该如何和此人结婚生子，唇齿相依地度过如蝇命般脆弱，但一眼望去也尽觉漫长的人生。

她还在心里存着一份执念，觉得会有另一个人出现，就像那个有上弦月的傍晚，让自己听见心里轰轰隆隆的雷声。或者，再退一步，不要雷声一样的心跳，但至少能让她遇见那个人时，轻轻地松口气，在心里对自己说："是了，就是这个人了。"
可是没有。

尽管她走走停停，和数不清的人擦肩，却再没毫无保留地付出全部真心。有时站在早高峰的地铁门口，身旁人群喧嚣，像潮水一样涌过，看着无数或焦躁或新奇或不安或雀跃的面孔，她不确定能在哪里遇到那个人，一回头，回忆也是一片空荡茫然，她的心底便发酵出了失意与灰心，甚至怀疑。

07

上一次见面，我们在外滩。身后的一片灯火渐次暗了，只剩下她的烟头还明明灭灭。大风呼呼地刮过耳际，她递一只耳机给我，轻柔的音乐声配合着幕布一样的夜色，让人觉得那大风直吹到了心底，回旋、漂移、不知所终。

远处，白天的喧嚣像潮水一样退却了，隐约能看到天上又是上弦月。她闭着眼睛，跟着歌声轻轻哼唱。那些时光都去哪里了呢？带着婴儿肥的二十岁的时光，用飞蛾扑火的勇气去追逐爱的时光。

距离那轮上弦月已经数年，记忆都成了凌乱的碎片。她的眼底有了盈盈的泪光，似乎前事一并涌来，万物瞬间变得模糊，我才察觉我的眼睛也带了泪。她熄了烟，给了我一个恍惚的微笑。我便想起更远的过去，我们对爱情善意和单纯的期望。

又凉又静的夜色里，我们静静地走着，像要走向无从预测的荒芜或盛大。

我想，在发现我们终将一无所有之前，一定有一个人也在遥远的路上走着吧，带着无限的温柔和懂得，走向我们必然相遇的路口。

虽然你不曾莅临我艰难跋涉、孤独寂寞的过去，和动荡不安的冷酷青春。甚至连自己都会忘记我一个人是如何独自走过了泥泞漫长的路程，又是如何将所有的残缺修补完整，将不安与疼痛收拾妥当。但一定会有那样的一个时刻，恰好在我想拥抱你的时候，你也愿意拥抱我。

还记得楼下
等你的少年吗

I BELIEVE

在数不尽的时间里，在日日重复毫无新意的每一天里，我对你的眷恋以及怀念，都是很小的事情。在偶像剧之外的平凡人生中，所谓爱也许不过是会心一笑的刹那、心有灵犀的一瞬、温热的早餐牛奶或者一个担心焦虑的电话而已。

愿每一段短暂的漫长的沉默的坦诚的心意都能为人所知，被珍视记取，被小心安放。

新认识的小朋友才读高三，和班里的男生相恋，寒假手拉手走在商场里，结果迎面撞上了一起去逛街的父母。

父母震怒，将她禁足在家，通信工具全部没收。女孩可怜巴巴地写检讨，被要求深刻反省上次模拟考成绩下滑的原因。

开学第一天，男生傻乎乎地站在她面前说："我几乎每天都骑车去找你。"

女生很惊诧，刚想否认，男生又有点儿委屈地说："我不敢上去找你啊，站在你家楼下，看几眼你房间里的灯光就够了。"

女生憋了一眼睛的泪，回头发邮件给我："你信不信啊，姐姐，他这么感动我。"

作为被找来督促她学习的"长辈"，我实在是没法回答这个问题，但我大概是信了。

有一个老朋友高中时也做过这样的傻事。不敢去找暗恋的女生表白，暑假里，知道她每天有固定的散步时间，于是一有空就"路过"她家楼下，以期一场又一场意外的邂逅。

事情当然不那么顺利，他不是无功而返，就是看见她和父母一起，只好远远地逃开。为数不多的几次，他顺利地遇见她，打个招呼，又不敢多说几句话，只好尴尬地告别，朝相反的方向上走一会儿又飞快地奔回来，看着她的背影走一段寂寞惆怅的路。

很多年后他们还是没能在一起。可是醉酒微醺时，他说起少年旧事，长长的叹息里，仍然怀念那个夏季傍晚一点点斜沉的夕阳，还有她终于出现在视线里时，心底一刹那的慌乱和惊喜。

大学里的一个同学，男友是高她一级的学长。同学很磨叽，每次他在楼下等到她时，她问你来了多久了，他都说我刚来啊。

女生比较粗心，也从不觉得自己动作太慢。

后来不知我那个同学在哪本言情书或是偶像剧里看到了类似的桥段，追问了他，才知道他每次都等她很久。

一次下雪，她心疼地问忘了带伞的他："你到了怎么也不打电话催我一下？"

他说："反正你总要下来的，以你的智商，如果催你，你肯定又要丢三落四了。"

男生毕业离校那天，她红着眼睛在宿舍收拾东西，一件衣服两本书在手里折腾了不知几趟。我都为楼下的他着急，可她抬起头泪流满面地跟我说："他以后再也不会在楼下等我了。"

我们大学的校园空旷又安静，宿舍楼下的树木浓密沉静，最适合做离歌的背景。所以我至今都记得她粉白的裙子和他深色衬衫的背影，在那段树影斑驳的路上越走越远。

也许是因为快要毕业了，校园里的一切好像都散发着让人沉醉的气息。

很多琐碎的细节又温暖地浮现。那些真诚宁静的时光好像末日的倒计时。

有人愿意说“用我炙热的感情感动你，好吗”，也有人愿意回答“路途遥远，我们在一起吧”。

住同一层楼的女孩，我们碰巧一起下楼，电梯里电话没有信号，所以一出电梯她就一边跟我说再见一边飞快地跑出去，生怕他多等一秒。

学弟每次送学妹回来，都会一直看着她走进宿舍楼、刷卡然后消失在楼梯口，可女生从不回头。我问他为什么不表白啊，他说怕表白了连朋友都没法做了。

忘了是谁说过，我对你的眷恋，都是很小的事情。是啊，在数不尽的时间里，在日日重复毫无新意的每一天里，我对你的眷恋以及怀念，都是很小的事情。在偶像剧之外的平凡人生中，所谓爱也许不过是会心一笑的刹那、心有灵犀的一瞬、温热的早餐牛奶或者一个担心焦虑的电话而已。

愿每一段短暂的漫长的沉默的坦诚的心意都能为人所知，被珍视记取，被小心安放。他了然于心，你念念不忘。

可惜
不是我

I BELIEVE

可惜不是我，陪你走过所有未知的坎坷，遍历你心情的辗转和周折，一起将悲欢离合看尽，在岁月尽头将你的白发抚在掌心。

可惜不是我，能把所有青春的光亮容颜和之后平静又漫长的一生交给你，幸福也罢，平淡也罢，一切都任你裁度。

可惜不是我，被赋予爱你的殊荣。

01

“我爱他呀，已经十三年了。加上认识的时间，差不多有二十年。”
一个初春轻风凉薄的午后，叶子姑娘这样跟我说。

02

遇见叶子纯属“有预谋的偶然”。她碰巧看到了我的博客，发现了一系列蛛丝马迹后给我发了私信：“你是不是在某某大学某号宿舍楼啊，我也住这个楼，在四楼。”
我看了她相册里的照片，和资料文章一对照，确定她是个笑眯眯的姑娘，于是放心地回复了：“对啊，我就在某某某室。”

过了一会儿，宿舍有人敲门，我开门一看，果然是她。两相对视就乐了，从此经常楼上楼下串门。
叶子学法语，很长又有点儿自然卷的头发温柔地垂在肩头。虽然她坐着的时候简直和布娃娃一样乖巧，但跟我说起话来偶尔也会滔滔不绝。

认识叶子之后，顺带着认识了她的舍友。一个心直口快的姑娘很干脆地问我：“你们班男生多，有没有适合叶子的啊？”另一姑娘回了句：“你可别给她介绍，以前有个男生天天在楼下等她，小伙子模样挺不错的，都没能入咱叶子的法眼，连我都怀疑她是不是取向有问题……”叶子一巴掌打过去，闹作一团。

很久之后的某一天，叶子突然问我："你知道我为什么看了你的博客后，想认识现实中的你吗？"

我当然不知道。叶子说因为她看到了我写的一段话。

我早已不记得是在什么境况下写的那段话了，甚至那篇文章我也不知道什么时候删掉了。但叶子很笃定地说那段话是："多少人朝三暮四，多少人假意奉承，多少人以爱之名做尽错事，只有我知道，你那些外人看起来近乎盲目和可笑的坚持有多珍贵。"

然后叶子给我讲了她的故事。

03

叶子认识他的时候才上小学。从大学的附属小学一路读到附属高中，所以他俩一直是同学，但很不巧，都只是隔壁班的同学。

故事的开始是在初一。那年叶子失去了父亲。班里的同学都知道了这件事儿，但叶子很好强，在同学面前从来都伪装得一切如常，甚至还会自己说些笑话，打破班里好像是为了刻意照顾她情绪的缄默。

有一天开运动会，叶子回教室取运动服，呆呆地坐在座位上，突然在空无一人的教室里哭了起来。这时男生正好路过她们班的教室，听到那号啕大哭，有点儿手足无措，但还是走到了叶子面前，推推她："哎，你怎么了啊？"

叶子没理，男生又说："你笑一笑啊。"叶子抬头一看，他正在拼命地挤一个滑稽的鬼脸，没忍住"噗"地一声笑了出来。看叶子不哭了，男生露出一个略带羞涩的笑容来。

叶子说，那天教室外飘进带着蔷薇味儿的风，阳光透过窗棂照进来，恰好有那么一小束落在男生前额的头发上。她隐隐约约地听到冰河的一角碎裂的声音，紧接着是潺潺的水声。

《午夜之前》上映，我们一起去看。大屏幕上，十八年前带着点儿婴儿肥的可爱女孩，变成了在烦琐的家庭生活中力不从心的绝望主妇。在又一次激烈的争吵中，已经相爱了十八年的他无力地说："因为你唱歌的样子，我搭上了整整一生。"

叶子脸上突然爬满了泪，我知道她在想什么。为了他在初一教室里一个拼命挤出来的鬼脸，她也已经搭进去了近乎全部的青春。

04

再后来，他们并没有顺理成章地变成好朋友或恋人，仍然不过是点头之交而已，但叶子从此开始了旷日持久的暗恋。

她偷偷地调查清楚了他的成绩、特长、兴趣爱好，他家住哪儿，上学放学的时间，乘坐哪路公交车。她费尽心思制造放学路上的偶遇，或者干脆什么也不做，只是跟在他身后看着他的背影慢慢地融入夕阳里。

她课间休息时一眼不眨地望着教室门口，只为了等他路过的那几秒钟。

她为了他一个温和的笑意而高兴半天，又为了他和别的女生过分亲密的举动而难过好久。

高中之后，男生成绩很好，叶子为了和他考入同一所大学，拼了命地学习。

她每次最开心的事儿大概就是走到走廊里那张长长的成绩单前，发现他们名字之间的距离又缩短了一些。

可惜，最后男生去了上海的某个高校，叶子则进了她从小到大的学校都被“附属”的那所大学。

在整个漫长的高三，叶子最大的动力就是高考后进行表白。可高考完之后，叶子因为怕被拒绝一直犹豫到了大一，才忐忑不安地打听到了他的手机号，然后频繁地联系了起来。

让叶子刻骨铭心的那段对话是这样发生的：“听说你还没有女朋友？”“对啊。唉，没人愿意当吧。”“怎么可能？”“那你愿意吗？”

叶子说她简直不知道该怎么形容那时候的激动和开心，心脏突突突地好像要从胸腔里跳出来。

难怪别人会说，最幸福的事情，莫过于你暗恋的人恰好也在暗恋你。

后来男生也做过很多让叶子感动的事情，比如大老远地从上海赶回去，突然出现在她的宿舍楼外；比如她过生日，他拜托共同的高中同学亲自将玫瑰花和礼物送到她手上……

05

所以，叶子做梦都不会想到，不过半年之后他便移情别恋。

对方是男生的同班同学，近水楼台先得月，何况那个女生热情又主动。男生吞吞吐吐地打电话给叶子，说他不知道该如何选择，叶子问清之后没挽留，很干脆地说："我退出，你们好了吧。"

男生痛哭流涕一直说对不起，叶子挂了电话，一个人在学校湖边的椅子上坐了一天，无数次生出想跳下去的念头，直到深夜舍友找到她将她带回宿舍。

自那之后，叶子又爱了他六年。

一开始恨得咬牙切齿，后来慢慢地不再恨，心情反而回到了恋爱之前。她也并不打扰他的生活，只是远远地默默地看着。

有一次，男生生病住院，叶子听说之后买了无座火车票连夜赶过去，走到医院门外才豁然清醒，觉得不妥，把买的东西交给他朋友，还叮嘱别说是她买的。然后又坐一夜的火车赶回学校。

后来男生毕业去了深圳工作，叶子想看看穿西装的他和他的工作环境。她坐了三十多个小时的火车赶过去，在那栋办公楼外站了半天，却在他从办公楼里走出来的那一个瞬间仓促逃离。

叶子说："你看这么多年他一直和那个女生在一起，他不是个朝三暮四的花花公子，只是我不是那个对的人，所以我不恨他。”

叶子说：“我知道你想怎么劝我。不要在一棵树上吊死，不值得，你还有着大好的青春年华呢。我也经常用这样的话来劝自己，可是，没办法，这已经是我生活里的惯性了。”

叶子说：“我至今也分辨不清，我究竟是爱他，还是爱那段爱着他的时光。可是又有什么区别呢？他是我整个青春里全部的梦想。从小到大，我幻想的所有人生，每一个细节都和他有关。”

叶子说：“我是真的希望他好，虽然那个人不是我，但我还是希望他好，我只想看着他过得好。”

在安徒生所有的童话里，我最喜欢的是皆大欢喜的《白雪皇后》，我觉得叶子最喜欢的是悲伤的《海的女儿》。

虽然那个曾经一心二用的男生根本无法与童话里的王子相比，可叶子这些年的心境想必和人鱼公主化作泡沫时一样。她们心里都在想，可惜不是我啊。

可惜不是我，陪你走过所有未知的坎坷，遍历你心情的辗转和周折，一起将悲欢离合看尽，在岁月尽头将你的白发抚在掌心。

可惜不是我，能把所有青春的光亮容颜和之后平静又漫长的一生交给你，幸福也罢，平淡也罢，一切都任你裁度。

可惜不是我，被赋予爱你的殊荣。

这些年她没有再恋爱，所有一个人的日子全是在这种心情下度过。她把自己锁进了一间黑黢黢的屋子，然后把钥匙远远地扔出去，谁都找不到。

06

又过了一个夏天，叶子毕业了。她就职的公司在欧洲有业务，要派人去法国，作为新员工的叶子主动请缨。

她走的那天，我去机场送她，她的长发和初见时一样柔顺地垂在肩头，她笑着和朋友、同事告别。

这两年，她身上好像有什么东西变了，又好像什么都没有变，除了她的笑容更加寂寞。

她已经很久没再和我说起过男生的事情，我还以为她真的过来了。可在她登机前，我们拥别时，她的声音从背后传进我的耳朵："他要结婚了，我走了啊。"

我愣了两秒钟，还没来得及回话她就松开我，转身离开了。

07

这真不是一个好看的故事。如果它是一部电视剧，你可能早就换台了。如果它是一场电影，影院里也一定已响起鼾声一片。即使女主角再美都救不了这个剧情，可我答应叶子要写写这个冗长、絮叨又像是独角戏的故事，是因为，有那么一些时刻，她陷入回忆时眼角明媚流转的光，它让我觉得，在这样一个时代，爱情好像仍然固执地存在着，不管以什么样的形式，不管能否得到报偿。

也有人仍然愿意为自己笃信的爱情付出漫长的毫无希望的等待，在故事的结尾迈着并不潇洒但却沉静的步伐告别离开。

拜伦有句诗：假若他日相逢，我将何以贺你？以眼泪，以沉默。
喂喂，叶子姑娘，我多想以释怀，以遗忘，或者以你真正的笑脸贺你啊。

所有的守护
都来日方长

I BELIEVE

我们都得从一次失恋中迅速成长起来，学会分辨对错，也学会在下一次错误时冷静地转身。说来也奇怪，我们竟是在失恋之后才学会好好爱自己，也是在失恋之后才看清，到底是自己的一颗心才最值得珍重。

01

大学开学的第一天，遇见的第一个人便是丝丝。我那时还留短发，她则是酒红色的波浪大卷，但一点儿都不妖娆，反而因为鼓鼓的脸颊略显可爱。

入学报到的场景，想必各个大学都大同小异。

新生们的眼神略带新奇，身边的父母则一脸自豪。

我俩并排登记信息，迎新的学姐笑眯眯地说，你们俩一个宿舍哟。

我们对视了一下，都略微不好意思地笑了起来。

再见面，自然是在宿舍里。七个人很快就熟悉起来，热闹开怀，不像初来乍到，反而像老友见面。我们都爬上爬下地收拾行李，互相递抹布，试穿军训的服装，唱着歌儿打扫卫生。

她唱歌极好听。大一那年的迎新晚会，她和另外三个新生唱歌。我忘记了她们唱的什么，只记得那场晚会的名字是“年轻的战场”。也记得她光芒四射，我们大喊“丝丝我爱你”。台下同学给她献花，她像会见粉丝一样从容地接花拥抱，曲调儿一点儿都没乱。

我早知道，她会像明星一样闪耀。而其他的我们都将像粉丝一样，以她为荣。

之后，便是三个星期的漫长军训。那个九月的天气一直暴热，我们每天在大太阳底下昏沉沉地站军姿，因为流不停的汗水，防晒霜在脸上变得一片狼藉。

踢正步时教官整理内务到十二点，在等待老师来检查的时候躺在书桌上小睡，互相拍尴尬的照片，日后翻起来的时候因为狼狈的睡姿和口水互相取笑。睡不够，吃不饱，累到死，但总体的日子还是快乐的。

军训结束，我瘦了好几斤，她也是。她黑了一大圈，我也是。

02

大学生活正式开始之前，我们有一百种向往和揣测，但万万没想到居然还有晨跑。

所以整个大一的清晨，所有的高中记忆卷土重来。

没有传说中化了妆踩着高跟鞋优雅下楼的女同学们，大伙六点钟就睡眼惺忪地爬起来，慌慌张张地穿上跑鞋，集合站队。

冬天哆哆嗦嗦地跑完，冲到食堂里买一杯热豆浆捧在手里呵气。夏天大汗淋漓，飞奔回宿舍冲淋浴，一手拿早餐一手拎包飞奔在去教室的路上。

于我而言，一边刷牙一边去叫丝丝起床，看着她睡眼惺忪地从被窝里坐起来成为和高数课一样鲜明的场景。

同样鲜明的还有我们一起热火朝天地打扫宿舍卫生，在天花板上贴密集恐惧症的老师看一眼就忍不了的小星星。

青春里最好的季节总是夏天。多少个微醺的夜晚，我们坐在宿舍顶楼的天台上聊天。

空气终于褪去了白日里的燥热，清凉的微风和手边的梅子酒让人的心情像熟睡中的海面。

远处的霓虹灯在黑暗的夜空里连成一条绚烂的河，近处是夜空中若有若无的星星。

“整个世界都在看着同一片星空。真是奇妙的事情。”

“夏天，北极应该有极光的吧。不知道那里的人如何度过这么漫长的白天。”

“可以有更多的时间，看书聊天逛街，也不错啊！”

“那里有街可以逛么？和北极熊一起逛？”

“哈哈……”

女生畅快淋漓的笑声在夏夜微醺的空气里传得很远，穿过交错的道路和灯河，向四面八方毫无规则地散去。

那笑声如此清晰悦耳，以至于数年之后，我再想起大学，第一个跳脱出来的记忆还是关于夏夜的星光，而那星光定然和青春一样耀目灼热。

望向远方的视线无限拉长，被无数个人无数次描绘过的未来尚在遥不可及的天际。

生活尚未向我们露出它张牙舞爪无从探知的粗砺触角，清晨的透明雾霭风一吹便散尽，梦里也从无方向不明让人迷茫的三岔路。

而如今，那些夜半我就着一碗半凉月光给她们讲老故事的时光，再也，再也回不来了。就像流沙逝于掌心，雨水止于天空。

03

再后来，她有了男朋友，那场好像并不太合适的恋爱几乎耗尽了她的全部大学时光。

我们一起趴在课桌上，她轻轻地唱着《柠檬草的味道》，唱到“我们都没错，只是不适合”时眼泪悄无声息地滚落，那没有控诉、没有歇斯底里的哀伤让我也跟着流了一脸的眼泪。

我不知道该怎么安慰她，在爱情里跌跌撞撞的人原本并不需要苍白无力的安慰。

我只是心疼。在这个世事凉薄的世界上，失恋是比雨水还要寻常的事情。生病还能得人安慰，而这月色苦寒的夜得一个人去经历那些挣扎、失望和假装已经失忆与痊愈的时刻。

也幸好，我们都得从一次失恋中迅速成长起来，学会分辨对错，也学会在下一次错误时冷静地转身。说来也奇怪，我们竟是在失恋之后才学会好好爱自己，也是在失恋之后才看清，到底是自己的一颗心才最值得珍重。

04

大四的毕业晚会，新生变成了毕业生。她们四个人重新聚在了一起，演唱了那场晚会的压轴歌曲。她依然光芒四射，像见粉丝一样从容地接花拥抱。

可我听出了她隐藏的哽咽。因为前奏响起前，她握着话筒很轻地说：“这是我们四个人最后为大家唱歌了，希望你们还是喜欢。”

这次我们没再喊“丝丝我爱你”，但曲终之时，她们手拉着手鞠躬离台，掌声经久不散，之前一直故作镇定的我才终于流下眼泪。

在那个终将告别的六月，所有轻淡的情愫都因为“毕业”这两个字而厚重起来，北岛说“你没有如期归来，而这正是离别的意义”。

于我们而言，离别的意义是纵然我们再也没有齐聚，那些岁月仍然一一化作回忆里闪闪发光的星辰。

从那时起，我们已经三年没有见过。她独自在北京，发寥寥无几的QQ消息，偶尔有电话，也因为我们大相径庭的生活而有些疏离。

但她还是那个我特别特别珍爱的姑娘，因为我们之间从无芥蒂，全是真心与开怀。甚至我现在回想起来，那段似乎无限孤独的道路上，从未缺失她给我的温暖与陪伴。

这个我特别特别珍爱的姑娘，她就要结婚了。是的，在我们都对爱情数度失望之后，她兜兜转转之后遇见了那个对的人。

她不知道我听说这个消息时无可抑制落下的眼泪。为着我所目睹的过去里她受过的伤痛，与始终不渝的等待，那些再也不复的眼泪和她将一直绽放如风信子般的笑容。

我要说的，和没有说的，她都懂。全是祝福，全是祝福。

我知道他们会一直像现在一样，温柔扶持，微笑默契。岁月终会成为彼此爱的桂冠，所有的守护都来日方长。

而我还想说，你结婚那天，那座海岛不知会有多美。因为你在那里。像我见到你的第一眼，夏末秋初的阳光落在你微卷的睫毛上，连同你十八岁时最美好的容颜。

最好的时光，尚未到来

八

生活怎么会容易呢，容易的是人心

I BELIEVE

是啊，生活怎么会容易呢？

也许容易的是人心。是如何与这个世界相处，是如何从日复一日的躁郁中发现一些清凉的光线与曼妙的角落，是如何原谅那些无可原谅的，告别那些注定告别的，忘却那些本该忘却的。

和明月认识的两年里，她一次都没有回过家。

有一年除夕，她端着一盆水仙匆匆忙忙地赶到公司前台送给我。那些花一拿回家就开了，书房里弥漫着醉人的花香。

还有一次中秋节，我刚出差回来，她邀我到她租的小房子，烤了松软的桂花馅饼给我吃，泡的红茶好喝至极。

她给我背起苏东坡在月夜和朋友小聚后写下的诗句："花间置酒清香发，争挽长条落香雪。山城酒薄不堪饮，劝君且吸杯中月。"声音又软又远，几乎让我醉入一个老时光的梦境里。

明月是个南方姑娘，那个地方和济南相隔万里。

我问她，怎么会想到来济南生活呢。她摇着头叹气："被老舍先生骗了呗！那些传说中的温情的天气呢？可爱的小山呢？蓝汪汪的河呢？"

原来是被《济南的冬天》骗了。当年学语文，都背过这篇课文，到现在我都记得老舍先生写的"小山把济南围了个圈儿，只有北边缺着点口，好像把济南放在一个小摇篮里"，让人很难不对这座城市产生幻想。

明月给我翻家里的书，是老舍先生的另一篇文章，叫《济南的秋天》。

明月说："你得看了这篇文章，才知道老舍先生对济南何止是厚爱。"

我低头，看明月画了线的一段话是"那座中古的老城，有睡着了的大城楼，有狭窄的古石路，有宽厚的石城墙，环城流着一道清溪，倒映着山影。山儿不动，水儿微响，带着这片秋色秋声，是济南，是诗。"

再望向窗外，眼前是一条灰尘扑扑的道路，两个人都笑了。

明月的小花店开在我实习的公司旁边，除了造型可爱的小盆景，还有精致特别的明信片、手工艺品，是每一个女孩都梦寐以求的那种又清新又文艺的小店，所以我常常去。有时加班到很晚，看她还没关门，便约她一起去夜市吃点儿东西。

熟悉之后，我问明月怎么一直不回家，她的笑容第一次黯淡了几秒，沉默了一会儿说："因为无家可回。"
我哑了，也不知道该说什么。

明月从来没见过自己的父亲，那个给了她血脉的男子留下的唯一影像是相册里几张斑驳的照片，照片里还有尚未学会走路的明月。记忆里都是母亲一个人带着她走过黑而漫长的路，还有暗夜里她在父亲的照片前长长的沉默与注视。

她母亲是个要强的人，虽然工资微薄，却从未因为明月的学费和生活费求助于人。明月一直读寄宿学校，每每回家，看到母亲乍现的白发，触目惊心。
她说自己漫长的成长过程几乎吸干了母亲全部的血，可母亲一句怨言都未说过，衣服永远一丝不苟，也永远能让她安心离家上学。

明月毕业之后，留在了读大学的城市工作生活。无暇回家的一段时间，她曾接母亲来小住，可母亲住了没几天便借口"放不下家里"回去了。
明月知道她不是放心不下家，而是心疼明月深夜加班回家还要两人挤在一张狭小的小床上，翻身都不便。

母亲走的那天，明月恰好出差，没赶上送她去火车站，回家看到母亲留下一个字迹满满的笔记本。

从明月爱吃却总做不好的那些菜的菜谱，到被子衣服的防潮方法，不一而足。明月看得一脸眼泪。这就是母亲这么多年来守护她的方式，如此沉默，却最是深情。

所以明月拼尽了全力赚钱，为升职、加薪整整两年没有休过一个完整的假期。

她想攒够钱，在偌大的城市里买个小房子，接母亲一起生活。

“一生将她收藏好，妥善安放，细心保存，免她惊，免她苦，免她四下流离，免她无枝可依。”可这个愿望碎裂得比夏日晴空下的肥皂泡还快。

母亲一人去医院确诊了癌症，知道无药可医，一直瞒着明月。

直到两人通电话时母亲突然晕厥过去，电话掉到地上，明月才惊愕地知道真相。

那“啪嗒”一声巨响震碎了明月所有的美梦，几乎将她对未来的全部期待都变成了再也无从弥合的碎片。

母亲走了之后，她睡在老房子的床上，数个白昼与黑夜的交替都没能唤醒她纵长幽深的梦。梦里，是她鲜有记忆的父亲，还有母亲满含热泪的眼睛。

料理完母亲的后事之后，明月回去工作，再无当年的气力。每每夜半惊醒，泪湿枕巾，只觉躯壳还是躯壳，除此之外空空落落，白茫茫大地再无依靠。

看着几年卖命工作换来的存款余额，明月在同事、上司的一片惋惜声中辞了职，打算去一个陌生的城市重新生活。

她也不知道去哪儿，却在收拾旧物时看到了父亲留下的数本老舍先生的书时做了决定。

时隔二十多年，在母亲的精心保存下，那些书还保留着完好如初的模样，父亲年轻苍劲的字迹还在，两人从未舍得翻阅。

明月也才想起，父亲曾于济南当兵，那里曾有他最为珍贵的少年时光。

所以她来济南，像是寻一场旧梦。

明月找到了父亲在一本书的扉页面上写的“购于某某路某某书店”里的某某路，只是千帆过尽，斗转星移，路还在，书店却不在了。她在附近租了一处小房子，将母亲留下的花种仔细地栽进花盆。

看着它们枝枝蔓蔓地长出来，在小阳台上开得一片茂盛，让明月恍惚回到了母亲还在的时候。母亲爱花，即使工作再疲累，回来也总记得给阳光下的花儿浇水，那些并不名贵却开得热烈大方的花朵几乎是母女二人清贫寡淡生活里最美好的部分了。

所以当那条路上的一家小店面要转租出去的时候，明月没犹豫就租了下来。虽然租金、装修和第一次进货耗去了她一大半存款，但一帮年轻姑娘们叽叽喳喳地挤在店里问东问西时，明月还是开心的。

她没有做生意的经验，客人讨价还价时总是招架不住，一不小心那些东西都被人以刚过成本的价格买了去。明月算账算得无奈，气恼地决定以后再不理会还价之人的巧舌如簧。许是这样温柔好说话的女老板太稀有了，明月没料想客人会越来越多。

她每每进货出货，累得腰酸腿疼，数日之后再算账，倒是小赚了一笔。明月暗暗吃惊，在济南日渐熟悉、无限温柔的夜色里轻轻地走回家，那些久违的希望竟悄无声息地回来了。
是的，她很久没有再在梦里哭着醒来，即便做梦，也是旧日里和母亲静默相对的好光景。阳台上的花藤顺着一根竹竿攀上了天花板，每天伴着玫瑰色的太阳给明月一个笑脸。

我听完这个故事，泪凝于睫。

明月见我沉默着，轻轻一叹："以前老觉得生活不容易，小时候母女两人相依为命觉得不容易，工作了常常累得心力交瘁也觉得不容易，妈妈不在了之后简直整个世界都坍塌了，最不容易。可生活过着过着，竟也过来了。现在想想，生活怎么会容易呢？容易的是人心。"

她的脸上有些试探往事时轻微的哀伤，但也有些沉静的慈悲。透白的月光下，让人无限动容。

是啊，生活怎么会容易呢？就是一个普通人，也常觉不易。上学时无时无刻都背负的巨大升学压力，让人几乎夜夜难以入眠。毕业之后又被就业的压力席卷，还没喘口气便被职场的紧箍咒套死。更别说，谈恋爱遇人不淑，不小心栽个跟头几年都爬不起来。

也许容易的是人心。是如何与这个世界相处，是如何从日复一日的躁郁中发现一些清凉的光线与曼妙的角落，是如何原谅那些无可原谅的，告别那些注定告别的，忘却那些本该忘却的。

母亲去世后，明月恨过这翻手为云、覆手为雨的命运，恨命运施加给她如此难以承受的别离。

可如她所说："生活过着过着，竟也过来了。"

原来，这世界上最难的不是与它处处为敌，而是和它握手言和。明月知道，是对生活新的希望打败了那些无处不在的悲伤，也是宽宥，是懂得对母亲最好的怀念——好好活着。

对我们这些普通人来说，好好生活便是来自生活的嘉赏了吧。人心是一场长久的考验，温柔之外，自有无限荣光；丰盛至极，无暇他顾。

那夜与明月告别，口中桂花与红茶仍留余香。我才知道，明月不仅仅是从悲痛中挣脱了出来，还给了自己更为珍重的礼物——用最优雅的姿态活着，用最拙朴的方式犒赏自己。

后来，我离开了济南，和明月经久未见。但一想起她来，脑海里浮现出的还是她半跪在地上修剪花叶的样子。

一缕阳光悄悄地打在她的侧脸上，她扭头一笑，眼底未落一丝尘埃，全是尘世浮华打马而过的沉静。

总有一天，
你会看到全世界的光

I BELIEVE

总有一天，你会发现，曾经那些灰暗晦涩的日子，那些起早贪黑地背单词看专业书的日子，会变成一砖一瓦，将那些泥泞坎坷的土地，铺展成一条通往梦想的康庄大道，把未知的荣光一一检阅。

祝愿我们都有清澈笃定的内心，并带着它走过为梦想不懈奋斗的年华。

最近，一个想考研的学弟经常来找我取经。作为一个失败者，我的教训远远超过了经验，反复回顾也不知该说什么。

但是从他身上，我明显地看到了自己当年的影子。它徘徊在大四秋天那些热血沸腾的夜晚里，徘徊在深夜十一点一个人从自习室回宿舍的小路上。

那些记忆的碎片排着队从过去走到现在，仿佛这几年的时光只是一个转瞬。

考研结束之后，我曾在博客上写过一篇很长很长的考研纪念文。

去年冬季的一天，和班里的另外一个姑娘聊天，她问我："我看了你博客里的那篇文章，你记不记得有一句话你写了三遍？"我一脸茫然地摇摇头。

那时候，我早已经把那篇文章忘记了，绞尽脑汁也想不起来是哪句话让我写了三遍。

那是一个再平凡不过的冬日，温吞吞的阳光透过老师办公室的玻璃轻柔地照在她的脸上。

她说："那句你写了三遍的话是'那是我们为梦想不懈奋斗的年华'。"

那天恰好看了《时尚女魔头》，看到深夜起风的街头，内特忧伤地问安迪："你清澈笃定的内心哪里去了呢？"

那天晚上，我在网上跟朋友疯狂抱怨，但一百个安慰都没赶走我心里深切的惶恐和难挨的焦虑。

失眠的夜里，我躺在床上辗转反侧，在黑暗中睁着眼睛问自己："那个曾经住在我身体里的浑身燃烧着理想主义的热血青年哪里去了？她怎么走得头也不回？那些为梦想不懈奋斗的年华都哪里去了？它们这么快就老了吗？”

《时尚女魔头》的最后，安迪辞职离开了时尚杂志《天桥》，回到了更符合她初衷的《纽约镜报》。

我也很想找回原来的自己，找回原来和安迪一样笃定的内心和勇敢的坚持。
它们住在过去，住在我无法回去的少年时光和大学校园里。

既然无法让时间逆转，也无法改变我曾经放弃坚定的追求，而屈从于现实的事实，我只能向前看，找回那些曾经藏在我灵魂深处的梦想，然后重新开始“为梦想不懈奋斗的年华”。

这两个月我非常忙，大概是这辈子过得最兵荒马乱的两个月。
马不停蹄的实习，名目繁多的考证，纷乱繁杂的各种事务，不过是短短的两个月，生活真正展开了它万花筒的样子。

很多人已经获得游刃有余的社会技能，我才刚刚起步。
很多人已经泰然处之的现实，我却百般思索，希望能从中有所收获。

站在拥挤的公交车上，看着一整个忙碌拥挤的城市和行色匆匆的人群，常常思绪翻飞。

我一直相信，即便世界已经千疮百孔，即便世界会有密布阴霾，但只要保持自己的灵魂不被蒙上灰尘，只要坚持一颗清澈而笃定的内心，那么至少可以让自己置身的世界完好无缺。
所以尽管这段时间忙得像一个陀螺，但我还是坚持对自己说："有些事你现在不做，一辈子都不会做了。"

作为一个拖延症重度患者，为了让自己过得更从容，能最大限度地利用时间，我学会了写"To do List（待办事项）"，一点一点地治好了拖延症。在被琐碎的生活挤得无法呼吸的缝隙里我还写了很多的文章，书评、影评和无人阅读的小诗歌。

我逼着自己做这做那，因为怕未来的自己会后悔、会遗憾。而正是在这样的过程中，我清晰地听到了梦想萌芽和生长的声音，看到自己正在一步一步地完善，走向自己想要的世界。

写下这篇文章的时刻，我在北京，俯瞰这座流光溢彩的城市，它曾是我一度心醉神迷的所在。大学快毕业的时候，我曾耗用了一年的气力想要走进它，但最终还是回到了离家很近的一所大学。

所以，我很想对学弟说，你不知道我有多羡慕你，羡慕你仍有追逐理想的时间，仍有错了再改的机会。我甚至愿用现世的所有安稳，熨帖去换回我曾经破釜沉舟的勇气和孤注一掷的魄力，换回那个浑身燃烧着理想主义的热血青年。

所以，你仍然要坚持无所畏惧。总有一天，你会发现，曾经那些灰暗晦涩的日子，那些起早贪黑地背单词看专业书的日子，会变成一砖一瓦，将那些泥泞坎坷的土地，铺展成一条通往梦想的康庄大道，把未知的荣光一一检阅。

祝愿我们都有清澈笃定的内心，并带着它走过为梦想不懈奋斗的年华。

猜火车

I BELIEVE

很多个夜晚，我窝在阳台的椅子上，晚风微凉，耳畔是轻轻重重的海浪声，目光触及之处，从黄昏的晕蓝到深夜的墨蓝，无不惹人沉醉。

我长久地望向遥远的云层，想象那平静的海面之下有嬉戏的蓝鲸，或许还有妖娆的人鱼。

生活终于迎来了一片温柔又美好的寂静。

七月，整个北半球都被翻滚而来的热浪扑倒时，朋友小煜搬到了大西洋西岸的一个海边小镇。她说那儿有点儿像凤凰，清凉之余是些寡淡但熟悉的乡愁。

后来，我也来到了这座海边的城市生活。

刚去时，租的房子恰好在铁路旁。

那栋楼建于20世纪90年代，客厅朝南，卧室朝东，火车经过的时候车轮与铁轨的摩擦声在耳边呼啸。如果开着窗，那车辆简直就像在耳边经过，带着惊天动地的轰鸣声。

所以和朋友通电话时，常常被打断，因为要等经过的车辆过去，才能听清楚对方说话的声音。

时间长了，我们都习惯了言谈间时不时的停顿。

那么老的地方，处处都像是遥远的外婆家。

每天晒衣服要将头伸出阳台外，战战兢兢地将衣架五花大绑后系在晾衣绳上。稍有不慎，衣服就会飘远，有的挂在别人家的阳台上，有的掉在树上，要想尽各种办法才能取回来。

所以我养成了一个奇异的习惯，就是每天一下班，远远地便开始数衣服还是不是早晨走之前晾出去的那几件。

楼里声控路灯的灵敏度不高，晚上上楼经常使劲跺脚也不见楼道里的灯光亮起。

难怪李娟写“走夜路请放声歌唱”，歌声原本就是孤独的行路人最好的慰藉。

作为一个五音不全的人，再加上爬楼梯时又耗费体力，所以我常常断断续续地唱那首童谣《虫儿飞》：“虫儿飞，虫儿飞，你在思念谁。”

唱着这首歌的时候，我心里也并没有思念的人，只是会思念在青海看到的墨蓝如盖的苍穹，和漫山遍野萤火一样生生不息的星光。

在老楼的一片陈旧气息中，幸好我蓝色的书架与书都是崭新的。

就在下班之后不间断的火车声中，我看到了陈丹燕去北极旅行后写的一段话，她说：“星星渐渐布满着天空，它们不是蓝色中的那些小白点，而在闪烁着粉红色或者金灿灿的光芒，新鲜、强大、尊贵，就像刚刚被造出来时一样。”

后来，她又路过一个海岛，遇见了我从未见过的“橘红色的星星，淡黄色的星星，和蓝色的星星”。

那夜我做了一个最好的梦。梦见一处晶莹的湖泊，苍野穹庐，遍地星光。

在促狭的溪流上船行，与茂盛植被和欢畅游鱼相继错肩，星光落在闪烁的湖面上，像坠入婴儿透明的瞳孔。

我便想起一个古老的故事，它说心有万物，即使身陷囹圄，也能自由如流莺。

你看生命之甘之美，在于你能看到一个多大的世界。

幸好啊，在有限的人生和局促的脚步里，我们还有无限的书，还能在书里看到浮世众生皆有不同面孔。

那座海边的城市，即使是最热的盛夏，最高温度也不超过三十度。

所以这片老城区里没有我司空见惯的成群人乘凉的场景。

晚上九点多沿着附近梧桐树比肩的公路散步，路上常常空无一人，只有风掠过梧桐树叶，沙沙作响的声音像在应和遥远的海浪声。

下班之后，我走长长的路去买菜，提着一袋子红红绿绿往回走的时候，只见路边的老式德国建筑映着最晴朗的夏季天空，它的颜色不是灰蓝不是浅蓝，而是海蓝。

旧木格的阳台上摆着歪斜的花盆，一扇老门看过去幽深至极，带着老时光里特有的神秘。安德烈·纪德的词句跳入脑海，他说："马尾藻海，泪水般的晨曦。灰蓝色的海水上忧郁的光亮。天空如蓝色的深渊。"

附近卖海鲜的小商场里有各种活物，我不怎么会做饭，但是路过时会饶有兴致地看那些挣扎着的鱼虾与扇贝。

唯一的缺点是，路上全是滑溜溜的水。

人很多的一次，我滑倒在地，之后的很长时间总感觉身上有一股鱿鱼的味儿。

我是在那里学会了和租房中介据理力争，也学会了为一斤土豆或朝天椒讨价还价。也是在那里，我丢失了一个恋人。

他走的那天，我在离铁轨不远的一堵矮墙上呆坐了一个下午，看着一辆又辆火车渐次经过。车速有快有慢，但能看到面目模糊的陌生人在车厢里酣睡、聊天、穿行。

我恍然想起村上春树写的《我的呈奶酪蛋糕形状的贫穷》，他和妻子在刚毕业之后最拮据的日子里也住在铁路旁。

冬去春来，寒冷不再，爱情和生活都重新有了鲜活的希望，所以他写："春天一到，我也好她也好无不如释重负。四月间铁路有几天罢工。一有罢工，我们真是欢欣鼓舞，一整天一辆车都没有。我和她抱着猫坐在铁轨上晒太阳，安静得简直像坐在湖底。我们年轻，新婚不久，阳光免费。"

我眼前的铁路从来没有罢工，每天听着火车路过的声音成了生活里的习惯。但心里还是慢慢地升腾起了很多很多的希望，虽然不知未来那个和我一起猜火车的人何时抵达。

后来，我搬到了一个又新鲜又安静的小区。天高云阔，山黛海青，楼下的小花园里有很多可爱的小朋友大声笑着，你追我赶。

若天上有星月，能清晰地看到不远处的水面波光一层层地荡漾开来。清晨打开办公室的窗，湿咸的海风涌进来吹起桌边纸张，像白鸽的羽翼一样倏忽而逝。

很多个夜晚，我窝在阳台的椅子上，晚风略凉，耳畔是轻轻重重的海浪声，目光触及之处，从黄昏的晕蓝到深夜的墨蓝，无不惹人沉醉。我长久地望向遥远荒芜的云层，想象那平静的海面之下有嬉戏的蓝鲸，或许还有妖娆的人鱼。

生活终于迎来了一片温柔又美好的寂静。但在梦里，我还经常听到火车呼啸而过的声音，像是旧青春里单枪匹马与世界你追我赶的回忆，散发着一股陌生却难忘的气息。

I BELIEVE

真诚地爱自己，
是一门最重要的功课

真诚地爱自己，不是为了尽快地遇见爱情，而是为了遇见一个更好更从容的自己，以匆忙中的优雅换喧嚣世界里的一片净土。

这是一门最重要的功课，也是一门最难的功课，却不枉我们用此生来完成。

朋友原本是个欢乐可爱的姑娘，一次失恋之后茶饭不思，寝食难安，长夜里在宿舍楼逼仄的楼道里痛哭，一个月后形销骨立，从此胃病缠身。

这样的女孩想必不少，亦舒《四部曲》里的女主角英宽失恋后，一天二十四小时都在流泪。一日出门，她站在华灯初上的宽阔街道上，看到成双成对的年轻男女，感触入心，靠在灯柱上忽然掩脸号啕。这时她的面孔尖削苍白，宛如病人，女警要送她进医院。

人生海海，从来不乏一个为了逝去的爱情而伤害自己的傻姑娘。
真诚地爱自己、呵护自己竟成了最难的一门功课。

电影《One Day（一天）》里，男主角德克斯特和女主角艾玛经过十几年的爱情长跑，终于得以谈婚论嫁之时，艾玛却在一场车祸中丧生。

美好未来化为泡影，德克斯特日夜纵酒，在酒吧里寻衅滋事，浑身伤痕地倒在前妻家门口，还遭到了小女儿的嫌弃。在父亲的劝说下，德克斯特走出了堕落与消沉，开了一家温馨可人的小店。
他倚在门楣上守着一锅羹汤，外人只见他沉默寡言，我却为之深深感动。

年少时轻浮浪荡的德克斯特终于成长为一个温柔沉稳的青年人，谈论起逝去的爱人时，怀念、静谧的阳光洒在他的眼眸里。他的眼里，不仅有过去的缠绵岁月，还有流淌向未来的光亮长河。
他用一个新的自己来缅怀已逝的爱人，一定也实现了艾玛最真挚的心愿。

作家徐虹在《废墟之欢》一书里提到我国著名的翻译家伉俪杨宪益和戴乃迭。

两人在“文革”时期不幸入狱，他们的生活态度却让人为之动容。

“据说杨在监狱时，用肥皂盒养了一朵小花。那原本是窗台上一摊鸟粪中的一粒发芽的种子。”

“戴乃迭在监狱里靠背诵中英文诗歌打发日子。爱清洁是她少年时代在英国所受的教育，现在她即使身处囹圄也难忘其源，竟然每天用牙刷把监狱的墙壁刷得干干净净。”

她甚至在每次看守送饭时，都礼貌地说谢谢。

在政治的血雨腥风中，他们用这种沉默而优雅的方式保全了自我，也用出狱后的长寿对抗了原本残酷的历史。

身陷囹圄却心灵高贵地活着，以此支撑原本脆弱的肉体躯壳。这真是我见过的最真诚的热爱自己的方式。

我最欣赏的一个女孩是大学的一个舍友。

她读很多书，坚持早睡早起，在宿舍的阳台上摆一排小植物。

很长一段时间，我们每天早晨都在一碗银耳莲子羹的扑鼻香味中醒来。

只见她已经洗漱完毕，浇了花，捧着书守着一只可爱的小锅熬羹。

在我们一片睡眼惺忪中，她安静的侧脸如此温柔从容。

受她影响，我也逐渐改掉了熬夜和赖床的毛病。早起的每一个清晨，空气都格外清甜。

后来恰好读到了陶立夏在《分开旅行》中的一段话，她说："有段时间总是在大约5点的时候起床，看着窗外天光渐亮，晨风吹来露水的清凉，觉得拥有全部的时间，于是心中充满希望。"

我虽做不到5点起床，但却了解了舍友眉间的淡然平和从何而来。那些安宁舒适的习惯，那些在坚持爱自己的路上笃定忠贞的脚步，让她的生活多了希望，多了与梦想亦步亦趋的力量。

我相信，那些像幼芽一样深埋在生活中的力量，终有一天会变成无与伦比的光芒。

那样的力量，来自于对自己真诚而有原则的爱——有爱情但也有自我，有自信但却不盲目，有梦想但不是空做白日梦。

真诚地爱自己，不是为了尽快地遇见爱情，而是为了遇见一个更好更从容的自己，以匆忙中的优雅换喧嚣世界里的一片净土。

这是一门最重要的功课，也是一门最难的功课，却不枉我们用此生来完成。

愿你
爱有所终

I BELIEVE

我们都要走到很远很远的后来，才知道年轻时为那些肆意妄为的付出耗费了多少气力，慢待了多少曼妙的春阳和铺陈的秋叶。可人总是要成长，总是要痊愈，无论那是一场肺炎，还是只是一个喷嚏。

潇然坐在我面前，可乐杯里的一支吸管已经被咬得扁平。恰逢我们都没加班，才终于一起正点吃了个晚饭。

但我一坐下，就看到了她那连眼影都没能遮盖得了的红肿双眼，依着一贯的心照不宣，我只好什么也不问。

此时，正值晚高峰，窗外的大太阳下，车辆异常拥堵，每个人都在急匆匆地赶路。

她蹙眉看着菜单，我只好顾左右而言他："怎么越长大越觉得天气炎热？"

只听她恹恹地回了句："也许越长大感官越灵敏吧。"

我大约猜到发生了什么。因为我还记得上次见面时，她溢于言表的欢喜。她给我看他的朋友圈，脸上居然回到了少女时的羞涩。我还没来得及调侃和打趣她，便看到了照片里他无懈可击的侧脸，忍不住也为她欢喜了起来。

我知道两个人所在的公司是业务伙伴，所以他们才在洽谈会上遇见，又在之后的业务往来中频频见面。

她说："我觉得他是一个特别好的人，像彩虹一样绚烂。"

我笑了："为何说像彩虹一样绚烂？"

她露出一副"怎么连你也不懂我"的表情，气急败坏地提起我们都喜欢看的电影《怦然心动》，我才想起了那段话："有些人浅薄浮夸，有些人金玉其外败絮其中。但有一天你会遇到一个如彩虹般绚烂的人。于是，一切路过的人群都黯然失色。”

一段时间未见，我没料到，如今她黯然失色的容颜也全然是因为这个人。

吃过这顿食不知味的晚饭，我们去附近的公园里小坐。

夏季的深夜，嘈杂的人声都退去了，她终于没能忍住眼泪，哽咽着说：“太累了，我不想再继续了。”

我拥着她因为啜泣而抖动的肩膀，不知该如何安慰。

这不是个复杂的故事。那个像彩虹一般绚烂的他，吸引的女孩中当然不止潇然一个。她一步一个脚印地向他走去，小心翼翼，面带微笑，走到近处才见他身边花团锦簇。而他的目光，左顾右盼，四处游离，从未像她看他一样专注。

她不想要那样含混不清的暧昧，又不知道该如何试探他的心意。放弃了觉得舍不得，不放弃又觉得委屈，所以只剩夜色下的数行泪滴。

有句话说，当你爱上一个人的时候，你有了软肋，也有了盔甲。可当你小心翼翼地爱着一个可能不会爱上你的人时，你失去了盔甲，处处都是软肋。

谁都有过，爱一个人爱得小心翼翼的那段时光吧？

你不知道怎样才是对他好的最好的方式，话说多了怕他烦，话说少了担心他忘记你。在表白之前，你隐藏得不露痕迹。你千方百计地制造一场又一场的偶遇，之后你捶胸顿足，偶遇的那一秒钟被无限拉长，像过电影的慢镜头一样回忆他额前的碎发、侧脸的弧度、嘴角的笑意，和一个简短至极微不足道的招呼。

你还要瞒过朋友的眼睛。在大家无意中聊到这个人时，你掩饰住心慌意乱，淡漠地说一句："我觉得他还好啊。"

实际上你全身的细胞都已集合完毕，呈紧急待命状态，竖着耳朵从人群里探测别人对他的评价和关于他的一点一滴的消息。

发短信前你假装无意，等回复时你无限焦虑。你精心编织笑话，为求他一抹笑意。当得知他生病时，你心急如焚却也只是像最普通的朋友那样对他说："按时吃药，早日康复。"

后来，在纠结要不要表白这件事情上，你耗费了不知多少时间。告诉他怕连朋友都做不成，不告诉他怕眼睁睁地看着他牵起别人的手。

小心翼翼地爱一个人的时光里，你是失去了自己的。因为你的悲喜全部来自于他。他的嬉笑是你的庆典，他的怒骂是你的阴天。他的举手投足、微笑叹息都成为你脑海里一帧一帧放映的胶片。

可小心翼翼爱着的这个人，或许并不是你的Mr.Right（真命天子）。因为若你在他面前，需要如此辛苦地掩饰一个真实的自己，需要处处迎合以求他欢心，这样的爱情，注定不是健康和美好的。

年少时，无论是恋爱、单恋还是暗恋，我们选的都是恰到好处的能满足我们完美想象的那个人。若感情是方程，那个人定是“最优解”。

但是对于大部分人来说，最合适的伴侣以及最终的归宿往往不是“最优解”，而是“次优解”。他不是最高的那个，不是最帅的那个，不是最有才华的那个，甚至不是脾气最好的那个。但他是和你最匹配的那一个，匹配才能平衡。

你看到他的时候会有那么一丝丝说不出的遗憾在里面。但，反而是那么一丝丝遗憾成就了恋爱关系中的和谐。就是因为有那么一丝丝遗憾，所以我们才不需要小心翼翼地爱，才能在爱里做自己，也才能让爱情融入细水长流的生活。

若你还在小心翼翼地爱着，不必慌张也不必犹疑。因为爱一个人的时光，总是最柔软的时光，总能让你学会温和与良善，总能让你被爱的不近人情刺伤，也能让你被爱的慈悲温暖感动。
只是，我们都要走到很远很远的后来，才知道年轻时为那些任意妄为的付出耗费了多少气力，慢待了多少曼妙的春阳和铺陈的秋叶。可人总是要成长，总是要痊愈，无论那是一场肺炎，还是只是一个喷嚏。

在夏夜安静的风声里，我轻拍着潇然的背脊，等着她停止哭泣。盛夏的夜再长，我们都还是要各自回家，在蒙头大睡一觉之后，重新去面对这个声色犬马的世界。

可我多么希望在这段成长和痊愈的过程中，在一马平川之前，在游刃有余之前，在有一个声音跟你说“会好起来”之前，你能善待自己。

即便被人群裹挟着，目光空洞倦怠至极；即便遇见错的人欲罢不能；即便看向云朵和天空时内心惶惶空余辜负，仍然希望你能善待自己。
爱上一个人从不是错，就算爱上错的人也不可悲。所以你此刻的泪水，它不是脆弱的墓志铭，而是柔软的赞美诗。

你更要珍视你此时徘徊的脚步，它若不踟蹰，遑论意重而情深。

那天告别，我看着她终于擦干了眼泪，给了我一个倔强的笑脸才坐进出租车，心里有些温柔的感动，就像看到《飘》里的赫思嘉凝望着前方，说出“Tomorrow is another day（明天又是新的一天）”一样。

明天又是新的一天。虽然你的心痛还不能那么快便痊愈，但亲爱的潇然啊，最最紧要的是，千万别因为这段无疾而终的故事而忘记了过去的自己，我一直记着呢，你在九月雨后初晴的阳光下，侧目轻笑的样子，同样和彩虹一样绚烂。也一定有另一个绚烂的人，他看向你的目光同样专注，他在路上等着和你深情相拥。

后记

前路漫漫，你我同行

放在几年前，我怎么也想不到会有这样的一天，很多人给我发邮件，告诉我他们因为我写的某一篇文章而获得正能量，以及随后的改变。

其中的一些，相隔万里素未谋面，我们却成了彼此好友列表里的人，有时彻夜倾谈，像挽手走路一般轻快愉悦。还有很多人，总是在网络上回复我，我便记住了那些熟悉的头像与名字，常常会去看看他们的主页和最新动态。

这是很舒服的一种关系，像无须言明但静默有力的守护。感谢这个奇妙的时代，让文字变成一座鹊桥。在隔着万水千山的平行空间里，我们得以惺惺相惜。

我知道，连接我们的鹊桥不只是文字，而是文字背后我们共同路过的疼痛与心碎。还有那些成长中不得不走的弯路，无人左右相伴的孤独，不知何去何从的迷茫，梦里吹灭灯盏的大风，四处奔走的路途上突然的瓢泼骤雨，还有心心念念却好像总也抵达不了的远方。

从小到大，我都喜欢看英雄的传说，喜欢他们仗剑走天涯的潇洒身姿、行侠仗义时的义无反顾，喜欢他们改变了世界、拯救了众人之后却悄悄转身策马而去的背影。

我常常为这样的故事热泪盈眶。而后，我总跟自己说，我要像他们一样——改变世界。

所以收到你们的邮件时我总能会心一笑，因为我写下的那些琐碎而稚嫩的文字，多多少少为你们带来了一些光亮。文字之于你我，不是利剑刀戟，而是馨香茶盏，让四散天涯踽踽独行的我们得以洗净尘泥，坐下来安静地聊一聊。原本独自厮杀战斗的征程，终于不再孤独。

这些文字都是我对成长的记录。有些是自己跌倒又站起、心智与灵魂被反复锤炼的过程；有些是影响着我又改变了我的至交与好友。有些是对不安的控诉；有些是对梦想的眺望，当然更多的是——“我相信”。我相信日光足以融化坚冰，寒冬总能被春雷惊醒。我相信我们路过的疼痛都可温柔愈合，心碎也能重新变得完整。

如果说它们治愈了一部分人，大抵是因为歌舞升平的时代背景下，我们仍然面临着个人成长的无穷困境。没有解药，没有秘籍，没有立地顿悟和醍醐灌顶，只有一直思索，一直探寻，一直向前走，直至原本以为无路可走的末路都变成坦途。

而我所做的，不过是把自己的旅途写下，让仍然在踉跄前行的你，拔剑四顾时能得会心一笑，攀上峰顶时有人击掌相庆。

于我而言，至为感激的是，这些文字原本只是一个人的倾诉与记录，因为无数的你们注视的目光，才有了这本书。所以谢谢你们，成全了我的梦想，让我的生活因为成为“写作者”这个角色而愈加饱满有力。

诗里说：“一望可相见，一步如重城。所爱隔山海，山海不可平。”我将写作的过程喻为“思君”，因为每一寸的期待与不安都那么相似。心心念念，难以忘记，唯有关闭文档的那一刻才能告慰已心，如释重负。
交上书稿之后，等待成书的过程兴奋又忐忑，心里反复想着的是一句话：“梦想一定要有，因为它总能实现。”这句话看起来如此普通，可我想也许只有自己才知道那背后一个人走过的漫长路途、挣扎与寻找、付出与得到。

我知道你也和我一样，状若安稳平实的生活背后，沸腾着不知多少奇妙壮阔的心愿。愿你一直坚守着它们，即便今天被现实打败，明天一样会因为它们而鼓起追逐的勇气。

梦想，不是多么伟大又遥不可及的词汇。它是世间的盐，是生活的糖。

是无尽黑暗里悄然静默的安慰，是为活着积攒的点币，叮叮当当地投入生活的旋涡中。它总能实现，即便美人迟暮，即便英雄末路，即便我们已经白发苍苍坐看夕阳。

可回望时，至少有那么一段义无反顾奔跑着的时光，能让我们重新年轻，热泪盈眶。

前路漫漫，但我知道遥远的我们能够安静却默契地同行。

再没有什么比这更能宽慰人心了。

伊心

2014年12月31日